NOVELA

TARADA

Carolina Sarmiento

colecciónnarrativapezdeplata28

pezdeplata

TARADA

Primera edición: mayo, 2021
Derechos exclusivos de esta edición:
EDITORIAL PEZ DE PLATA S.L.
Ap. Correos 2082
33013 - Oviedo (Asturias)

www.editorialpezdeplata.com
info@editorialpezdeplata.com
© Diseño de cubierta: Gallota, 2021
www.gallota.com

ISBN: 978-84-122898-2-4
DEPÓSITO LEGAL: AS 494-2021

Maquetación: Editorial Pez de Plata S.L.
Impresión y encuadernación: ASTURGRAF S.L.

TARADA

Carolina Sarmiento

A mis Marías, por corazón y diversión.

Por supuesto, me contestó, claro que todavía sacudo el cielo.
Enrique Vila-Matas, *El mal de Montano*

PRIMERA PARTE

LITERATURA DEL CERO

I

Habían pasado días desde que no veíamos el sol y decir días es quedarse corto, porque los días forman semanas y las semanas quincenas y las quincenas meses y sí, tal vez habían pasado dos meses sin que hubiéramos visto el sol. Tal vez dos meses. No vale que durante veinte minutos esa masa grisácea y densa de nubes se abriera un poquito y viéramos un trocito de cielo azul. No vale. No vale siquiera aquella nube blanca con forma de nube amable. Hasta las alcantarillas se ahogaban. Escapa, me imploraba. Escapa. Me enfundaba los vaqueros y el abrigo encima del pijama y mi huida finalizaba en la biblioteca. De regreso leía bajo las sábanas. Si la novela me enganchaba me olvidaba de la oscuridad y de mi firme propósito de escribir. Si el libro me aburría me acusaba de no ser capaz. Ni siquiera de escapar. Comenzaba a murmurar contra esa lluvia que más que limpiar emborronaba. Toda mi ira y culpabilidad en la lluvia.

II

Cuando gané aquel premio era topógrafa. Supongo que continúo siéndolo. Ser topógrafa implica agacharse, inclinarse, doblarse, mojarse. Elegí la carrera porque me gustaban los mapas. Es tan fácil todo. Recorres el camino que va de un valle a un monte y de un pueblo al mar tan sólo con un dedo. Puedes sobrevolar cordilleras. Atravesar fronteras. Cruzar las cuencas abisales. Sin sentir vértigo. Años en las obras de un túnel y olvidé el olor a piedra y a sal de los mapas. Por olvidar, olvidé hasta lo que me gustaba. Mi ayudante fue el primero en pedirme que le dedicara un ejemplar de la novela. Me tembló el pulso.

En mi primera rueda de prensa no levanté la vista de la fotografía en blanco y negro de un joven soldado que llevaba al hombro la escopeta y en la otra mano una fusta. Ésta roja. Así es la portada de *Valtiche* y el joven soldado era mi abuelo.

Cuando el editor finalizó la presentación un tipo levantó la mano y me preguntó con qué escritor me sentía identificada y cómo me había documentado. Se inclinó, apoyó los codos sobre las rodillas, juntó las manos en plegaria con los dedos índices a la altura de la boca. Susurré como respuesta que con ninguno y que no me había documentado. En el periódico del día siguiente el crítico sentenció: «De gran talento para escribir pero nulo para hablar». Remató su artículo con la mención a un autor que aseguraba sentirse incómodo en la comunicación oral y que sólo lograba expresar bien sus planteamientos a través de la palabra escrita. Me apropié de la cita y el editor explotó mi figura incómoda. Cada vez tenía más fama de insoportable y la novela se vendía más y más hasta el punto de que se interesaron por mis anteriores relatos. También fui sincera: «No tengo». Entonces se comprometieron a publicar mi siguiente trabajo y a subirme mi proporción de ganancias. Así que dejé la obra del túnel. Así que anuncié que me dedicaría a escribir como quien anuncia que se casa. Así que me convencí de que no podía ser tan complicado si mi abuelo lo había logrado. Así que di por hecho que no se notaría que yo no era la autora de *Valtiche*. En principio sólo yo sabía que había sido él, mi abuelo. Así que… ¿qué problema había?

III

Empecé por lo fundamental. Compré un bolígrafo negro y un cuaderno grande de hojas cuadriculadas. Le pregunté al vendedor por el número de hojas. En la tapa trasera encontró la cifra: cien. *Valtiche* era una novela de algo más de doscientas páginas. Le pedí otro cuaderno más y también uno pequeñito para las notas. Elegí uno con el dibujo de un mapa antiguo del mundo, en tonos ocres. Ya en casa, descolgué el retrato de mi abuelo del pasillo y lo coloqué sobre la mesa de la cocina, que sería mi escritorio, mi despacho. Me senté y abrí la libreta grande. Me levanté y arrastré la mesa hasta la ventana. Me senté de nuevo y escribí mi nombre en la primera página, esforzándome en que las letras quedaran dentro de las cuadrículas. Saqué la fotografía de mi abuelo del marco y la pegué en la tapa de la libreta. Acaricié su bigote y le pregunté que sobre qué podría escribir. Sentí el cerebro seco y cuarteado. Entraba un vientecillo frío por las juntas de madera que levantaba las hojas del cuaderno. Me fui a mi cuarto con la libreta y me senté en la cama y luego me tapé con la manta hasta la cintura. Escribí el abecedario sin salirme de las cuadrículas. También los días de la semana y los planetas del sistema solar. Anoté el nombre completo de todos los familiares que logré recordar. Siempre me ha gustado el de mi prima segunda, Elena Queipo. Ella podría ser la protagonista, pero de qué. Mordí el boli con tan mala suerte que se me llenó la boca de tinta. Al verme en el espejo del baño pensé que el aspecto de un soldado en invierno, en la guerra, sería algo así: labios morados, pelo revuelto, ojos cansados. Para romper la imagen, como en un conjuro, pronuncié en alto Elena Queipo, Elena Queipo, Elena Queipo. A continuación besé en el cristal no sé si a mí, a mi prima segunda o a la protagonista de la futura novela y la huella morada que le tatué me recordó a los camerinos de los artistas. Podría convertirla en actriz de un teatro ambulante. La Queipo sería la mujer que consiguiera dibujarle una sonrisa al soldado sin piernas y una carcajada al niño huérfano; la Queipo lograría sonrojar de amor a la joven viuda. Frente a la hoja en blanco fui incapaz de transcribir la llegada del teatro al pueblo o la falda remendada con cuerda de saco de la Queipo. Escribí: «El beso de tinta paraliza». Si al editor le sirviera un diario de la construcción de un túnel... Pero no, mi herencia de *Valtiche* era la de gente con grietas en los dedos. Sólo me ofrecían hambre. Elena Queipo terminaría por emigrar, su caravana cruzaría la frontera. Mientras me frotaba la boca con jabón me dije que tal vez fuera mejor empezar por leer. Pensar en mi protagonista me había agotado.

IV

Recuperé del desván una caja con los libros del instituto. El frío continuaba silbando en la casa y me refugié en la cama y cada vez me deslizaba más y más bajo las sábanas y la manta se acercaba más y más a la barbilla. Aquellos libros me aburrían tanto que terminé por dormitar como una vieja senil. Los ojos se me cerraban y se me abrían, y el cerebro se me cerraba y se me abría, y los libros se cerraban y se caían y me despertaban al chocar contra el suelo, y el péndulo volvía. No recordaba nada de cuando supuestamente los leí en el instituto y en el futuro sus títulos sólo me evocarían sopor. Sopor. Apunté *sopor* en el bloc de notas.

Mi abuelo siempre hablaba de él como si fuera un gurú, así que un día fui hasta la biblioteca y conocí a Vicente. A una abundante mata de pelo cano seguía una piel muy pálida, salpicada de puntitos sobre los labios, como si se rasurara a cuchilla un bigote duro y azul. El hocico muy afilado, como sus palabras. No le dije de quién era nieta y él no pareció reconocer a la escritora de *Valtiche*. Le pedí que me diera algo que me enganchara, le confesé que estaba harta de quedarme dormida y que necesitaba una historia de verdad. Adelantó la cabeza por delante de los pies y su cuello marmóreo y en tensión se estiró como el de un lagarto. Tragó, y pensé que la nuez podría resquebrajarle la piel. Me entregó un libro. En la portada, una uña infantil y sucia levantaba una postilla. De vuelta a la cama, leí. Un crío ahogaba en una acequia al mastín del vecino. Un niño capaz de sumergir un mastín. No cerré el libro hasta llegar al final. El niño, de viejo, sacaba un ojo con una cuchara a su vecino, lo chupaba, lo masticaba y lo engullía. En aquel trago me pareció que había más guerra que en toda la novela de mi abuelo. Intenté describir la sequedad de los ojos que sentí al terminar el libro. Sólo escribí: *ojo*. Las dos *oes* apretando la jota ya eran una batalla y lo dejé tal cual, junto a *sopor*, que también tenía dos *oes*.

Regresé a la biblioteca entusiasmada para pedirle más a Vicente. Me pareció sentir cómo sus vértebras se recolocaban de gusto al escuchar mi elogio a lo visceral. Hice más por él en un día que el mejor de los osteópatas.

Mientras buscaba una nueva novela me contó que de joven había recorrido kilómetros junto a rudos camioneros, que había dormido en estaciones de autobús, que había trabajado en la recolección de la remolacha para continuar viaje. Yo no le había preguntado nada. Tan sólo le había dicho que me recomendara otra novela como aquella del chico diablo. En las siguientes visitas me fui acostumbrando a escuchar los retazos de su vida, trámite previo a la entrega de los libros. Retazos como párrafos leídos. Había tanta intensidad en sus aventuras como en los títulos más salvajes. Después me entregaba una novela protagonizada por el último y más triste antihéroe.

Poco a poco fuimos tejiendo un vínculo casi delictivo entre nosotros, un código secreto de historias inaceptables, una galería compartida de imágenes despellejadas. Sin embargo, nunca mencioné nada sobre su amistad con mi abuelo ni sobre su novela, quiero decir la mía, que, para mi vergüenza, guardaba en su biblioteca. Cinco ejemplares en total. El esófago se me cuarteaba frente a los lomos de

Valtiche. Vicente siempre me guiaba hasta esa maldita estantería. Un poco a la derecha, uno o dos niveles más abajo, todos los títulos que me recomendaba se encontraban próximos a mi gran mentira.

Me convenía estar cerca. En algún momento debía descubrir qué sabía Vicente de las memorias de guerra de mi abuelo. Temía el día en que me sugiriera su lectura. A pesar del retortijón de tripas que sufría en cada visita necesitaba que algo en esta vida me revolviera por dentro y sus recomendaciones lo lograban, vaya si lo lograban.

V

De vuelta a casa compraba. Básicamente me alimentaba de paquetes de verduras congeladas y taquitos de jamón. Un día estaba en el supermercado cuando sonó el teléfono y el inquilino me comunicó que dejaba el piso. No me jodas, le respondí, y no me dio la gana de aceptar una rebaja en la mensualidad que le cobraba. Me metí en la cama, abrí el libro y comencé a leer pensando que si dejaba de recibir el dinero de alquilar el piso de mi abuelo se me terminaba la excusa de estar escribiendo. Dos años y el paro se me habían esfumado y que volviera a publicar otra novela de éxito sería lo mismo que lo del espíritu santo. A la protagonista Elena Queipo sólo le acompañaban dos palabras: sopor y ojo. A quién le gusta asumir que la boda, fuera literaria o no, se había suspendido. Y en mi caso nadie cotillearía si hubo cuernos o tensión con los suegros o falta de dinero. Y todos me apuntarían como culpable, fracasada e ingenua, cuando en realidad la culpa es del maldito inquilino que decide mudarse a un piso en el que no huela a humedad. Dice que en el de mi abuelo el pestazo se extiende por las habitaciones. Culpable de todo, la lluvia.

Llovía como el mar llega a las orillas. En olas estruendosas en ocasiones, arrastrando piedras, a veces suavemente, con más o menos espuma, avanzando por la arena con lentitud; pero siempre el mar, siempre, alcanza la costa, y así se comportaba desde hacía semanas la lluvia. Pensé «la odio» y resultó que odio también tenía dos *oes*. Lo anoté marcando bien los trazos y los rabitos. Me estaba saliendo una colección maravillosa de palabras bisilábicas y doblemente redondas como ochos. Ocho. Ocho también tenía dos *oes*: Ojo-Sopor-Odio-Ocho y Elena Queipo, con esa *Q* que casi era una *o*. Repasé bien las curvas de los círculos con un rotulador negro y gordo. Gordo. Otra más. La anoté y al verlas todas juntas fantaseé con enviarle mi lista de ceros al editor. Al fin y al cabo yo era una «escritora de culto, excéntrica e imprevisible», y quizás estuviera creando un nuevo tipo de literatura, la literatura del cero. Comenzaba a sonreír ante aquella posibilidad cuando me topé con las cejas y los labios finos de mi abuelo en la fotografía. No pude sostenerle la mirada. Lancé con rabia el boli contra el centro de cada una de las *oes* de mi lista y luego le clavé el boli en la nuez.

En la vida te vi escribir. Que sí, que tras jubilarte tendrías tiempo libre, qué sé yo, pero cómo es posible que fueras un virtuoso y que nunca lo contaras. La palmaste y ni lo mencionaste en el testamento, me tuve que encontrar la carpeta azul entre dos cajones y suerte que no me dio por tirarla. Eso es porque no le dabas importancia ninguna y yo aquí como una imbécil dibujando circulitos sin lograr continuar la trama del valiente soldado de *Valtiche*.

Dejé el boli desangrándose en la yugular de mi abuelo. Después me subí a la cama a leer. Una mujer rebuscaba en un cementerio alguna lápida abierta y vacía para encerrarse en el recuerdo de otra persona. Eso sí era una buena historia y no la basura triste y realista de las guerras. Las guerras eran otra cosa. Guerra era la lluvia continuada, la luz trémula, la libreta en blanco. El aburrimiento, el sopor eran guerras mundiales y guerra nuclear la humillación cuando descubrieran mi farsa. Yo no tenía maldita idea de armamento, me aborrecía la Historia, la política, era ajena a la ambición y a la testosterona. Elena Queipo se me había fugado al extranjero y el inquilino me dejaba en un serio aprieto.

VI

Al anochecer salí de la cama y llamé por teléfono a cinco números de mi agenda. Hace tiempo que esos números llamados socialmente amigos sólo quieren beber cerveza y hablar y yo no quiero hablar porque ya leo novelas que me cuentan historias. Poco me importan los granos enrojecidos del sarampión de sus hijos o la baja calidad de las conservas que les metan en la cesta de Navidad. Si algún compañero de trabajo planeara con esas conservas un envenenamiento de la plantilla y hubiera más de un muerto por asfixia, si al menos fueran tan virulentos que al niño se le fundieran las yemas de los dedos al explotar los granos... Ésas serían buenas historias. A mí me gustaría salir a bailar. De adolescentes bebíamos y bailábamos y no perdíamos el tiempo con conversaciones estúpidas, pero ahora se creen muy adultos sentándose junto a la barra de un bar a soltar sus intimidades: niños, padres, sexo. También me enerva que me digan que tengo que buscar trabajo y novio. Parece que nadie se haya creído mi promesa de dedicarme a escribir. Antes me justificaba ante ellos: no me hace falta trabajar, entre la renta del piso, el paro y el premio me las apaño. La gente confía en una nómina tanto como en los psicólogos. Pero no solucionarán tu vida. Si sufres de apatía, si careces de apetito sexual, si te acusan de falta de carácter para tomar decisiones, ninguno de estos problemas ni de tantos otros que se nos acumulan en esta cabeza de monos domesticados se solucionarán con una jornada de ocho horas. Al contrario. Por eso quiero estar sola, trabajar para mí. Y respecto a los tíos, más de lo mismo. ¿De qué me serviría ahora tener un novio?

Perdería el tiempo y el dinero en estúpidas cenas con más patatas que filete, me acomplejaría salir a la calle en pijama y no me permitiría acostarme sin lavarme los dientes. Tendría que depilarme todas las semanas. Un novio sólo está justificado en caso de estar enamorada. Yo necesito construirme un carácter fuerte, ser capaz de arreglar un enchufe. Estoy convencida de que la mayoría están con sus novios por interés. Además, siempre me ha costado encontrar hombres a los que no les importe ponerse de puntillas para besarme. Alguno encontré, pero a mí también me fastidiaba agacharme para besarles. Sólo un amor auténtico que me atrape desde el hígado hasta el tímpano. Sólo un romance así entrará por mi puerta.

El bibliotecario debe de pensar que soy lesbiana y me ha recomendado una mierda de cómic sobre el despertar homosexual de una adolescente. Lo he leído del tirón y al finalizar miré por la ventana. Llamé al inquilino y le dije que no me jodiera, que pronto dejaría de llover, pero me colgó. Diluviaba.

Mis números llamados amigas me acusan de hablar como una macarra. Me siento más fuerte diciendo *joder*. De continuar dándome el coñazo con lo del novio y el trabajo pasaré de las palabras malsonantes. Si tan buenas amigas son y tanto se preocupan por mí deberían ayudarme a saber por qué coño estoy tan enfadada. Pero no me preguntan, sólo ponen esas caritas de ofendidas que hacen que me cabree más. Entre otras soluciones de compañía he pensado en comprarme un perro peligroso; aunque con este asco de tiempo no iba a sacarlo nunca y al final terminaría desfigurándome la cara a mí y no al primero que me faltara al respeto. Joder.

VII

Tres habitaciones, cocina, salón, baño y terraza cubierta. Amueblado y equipado con todos los electrodomésticos. Exterior. Vistas a la ría. No le vale una rebaja de cincuenta, quiere pagar cien menos, el cabrón. No le vale que le compre dos estufas más y un deshumidificador. Le digo que si me está intentando chantajear va de culo, y finalizo mi amenaza con el calificativo enano. Me gusta ese insulto, enano. Va más allá del tamaño y al decirlo me siento grande, poderosa. El chaval deja el dinero que me debe sobre la mesa de la cocina y se va sin defenderse. Quería que me respondiera. Bajo los plomos, desenchufo la nevera y la televisión. Antes de irme reviso todos los cajones. Abro con los ojos cerrados el del zapatero de la entrada, donde en su día encontré la carpeta azul. Ojalá el enano en sus limpiezas semanales haya encontrado un cuaderno, unos apuntes, algo con letra. Sé que una mujer venía todos los jueves a limpiarle la casa. Tal vez ella, tan pulcra y entregada como me aseguró el inquilino, hubiera encontrado unos folios pillados tras el cajón, enmarañados en una bola. No hay papeles y sí muchas bolas de pelo y polvo. Espero a escuchar la puerta a través del telefonillo y le pregunto al exinquilino si ha visto algún manuscrito. Ahora que está en la calle me dice que estoy loca y me lo suelta con esa voz grave, seca y seria. Si me lo hubiera dicho a la cara quizás le hubiera besado.

Guardo el dinero del último mes en el bolsillo interior del abrigo y camino hasta el garaje con la cabeza cubierta por la capucha. El capó, las lunas, el techo y el maletero del coche están surcados por las carreras de algún gato, hay pintura descascarillada sobre el salpicadero, polvo en los asientos y ese olor intenso y penetrante. Es increíble que el olor de mi abuelo permanezca entre los sillones o al volante o en las alfombrillas. Me provoca acidez, ardor. Flota invisible. Desde que murió sólo he arrancado su coche una docena de veces y en esta ocasión el puñetero está más atragantado que una gallina vieja. Me acuerdo de algo que tal vez me ayude. Tanteo detrás del parasol hasta encontrar la estampita de San Antonio y, con ella alzada contra el techo y pidiendo disculpas al santo por utilizar sus poderes con otros fines diferentes a los legítimos, aprieto a fondo el embrague, giro la llave, empellón al acelerador y arranco. Llego a trompicones a la gasolinera. Huyo con lo que llevo puesto. Nada más. Simplemente huyo.

VIII

Los camiones son un coñazo, deberían habilitar un carril sólo para ellos. Tengo prisa por llegar al otro lado de la cordillera. Si fuera un tipo duro los adelantaría pisando la línea continua, pero más que un tipo duro soy un coche viejo al que le tose el motor y le patinan los neumáticos. Mi parabrisas se come el humo, el barro y la lluvia que rezuman los camiones. Todo envuelto en niebla. Agarro fuerte el volante y me acerco a la luna del coche como una novata miope. Niebla, lluvia, barro y frío. La calefacción no funciona y me alegro de no haberme quitado el pijama y de conservar aún el calor de las últimas horas en la cama, pero me estoy empezando a preocupar por cómo será la foto de mi cadáver en mi estúpida huida hacia el sol. Me detengo en una cuneta y busco alguna cinta en la guantera. Hay varios casetes de cuentos infantiles que paso por encima porque lo que me faltaba es un ataque de nostalgia. También hay uno de villancicos y un par de cintas de canciones regionales. Todos sin caja y con la banda magnética desenrollándose por las ranuras. Estoy a punto de gritar y le arreo un manotazo al salpicadero y juro que aparece una caja en la alfombrilla con una ilustración de un hombre y una mujer bailando. *Lo mejor de la Salsa.* Meto el casete y ahora sí que grito. Grito *bien*, grito *sí*. El ritmo me arranca una especie de destello de esperanza, será por el sol que me aguarda al otro lado. Aún no tengo ningún perro peligroso en el maletero y mientras suenan las trompetas pienso que un tipo duro no escucharía esta música y encendería un cigarro a la espera de que escampase la niebla y que tal vez a ese tipo incluso le gustaría este ambiente húmedo y gris y soltaría el humo en una larga exhalación. Vomito. Debo de ser la única conductora del mundo que se marea al volante. Igual hasta son los nervios por el calor que me espera al otro lado o por la voz de azúcar del que canta que, por otra parte, hace que me pregunte qué habría sido de mí si mi abuelo se hubiera largado al exilio y yo hubiera nacido bajo el sol.

Pienso en el capítulo en el que se pasa una noche de invierno con el cuerpo clavado en el barro, cuando permitió que los gusanos se le colaran por la boca entreabierta y soportó los temblores del brazo de un compañero tendido junto a él. Los soldados enemigos remataron a aquel pobre muchacho como al resto de heridos. En mi abuelo vieron a otro muerto de ojos blancos, inmóvil. No sabía cuánto tiempo resistiría su cuerpo el impacto de la bala que llevaba incrustada en la cadera. Asumió que terminaría por matarle y se abandonó a rememorar cómo se le subía la falda a su mujer, mi abuela, durante la recolección de patatas del último verano. Nunca me había contado nada similar. Varios críticos habían elogiado mi capacidad para describir la guerra, incluso recalcaron lo infrecuente que era encontrar mujeres jóvenes que narraran con tal crudeza. Tengo que reconocer que en esa escena hay tantas vísceras como en las novelas de Vicente y que me inquieta esa frialdad en mi abuelo. Sin embargo, hubiera preferido que se adueñara de la navaja del soldado moribundo y se la clavara en el cuello al enemigo y que después usara la misma navaja para extraerse la bala y que esa bala fuera la portada del libro. Pero yo no entiendo de literatura, y menos de guerras.

Me incorporo a la carretera y subo el puerto detrás de los camiones, escuchando salsa. Qué pintaba aquella cinta en el coche de un tipo duro como mi abuelo. Aquella y sobre todo la de villancicos y la de cuentos. ¿Qué cojones es un tipo duro? Cojones, otra palabra para la lista.

IX

Al otro lado del túnel el cielo es azul. El termómetro del coche marca cinco grados, pero el cielo es azul. Me salgo en el primer desvío en el que anuncian un restaurante. El menú del día son garbanzos con compango: carne de gallina, de cerdo, de ternera. Carne. Me sirve una chica a la que sin duda obligan a vestirse de camarero. Lleva una camisa blanca de hombre y unos pantalones de pinza negros con la raya bien marcada. Y pajarita. En una plaquita leo Emma. Me pregunta si deseo sentarme en la terraza y su voz me parece casi tan triste como su camisa sin forma.

He comido tantos garbanzos y bebido tanto vino que me entra un sueño atroz e incontrolable, así que pago una habitación. Sólo tengo que quitarme la gabardina para quedarme en pijama. Hace tiempo que no llevo sujetador.

Me despertaron los ladridos de un perro. Bajé al coche a por los últimos libros que había sacado y me quedé un rato observando el cielo. Me clavé al suelo como si fuera un telescopio enfocando y desenfocando las nubecillas luminosas que formaban las estrellas. De repente vi a un hombre acercarse a tumbos a la caseta del perro. El animal huyó hasta que la cadena le paralizó por el pescuezo. Soltó un gemido largo y doloroso. No me gustó lo que el hombre hizo con el perro. Dolor.

A la mañana siguiente, mientras me servía un café, la camarera me preguntó si había dormido bien. Su traje de servicio no pegaba nada con los zapatos de tacón ni con el mechón que se le escapaba de una horquilla y escondía una y otra vez tras la oreja. Le pregunté por el perro. Como respuesta levantó la barbilla en dirección a una ventana desde la que se veía la caseta. El maldito ladró en ese momento, como si me hubiera escuchado. Era un perro trabado, yo no entiendo mucho de razas pero diría que se parecía a un labrador. Era blanco y tenía una lengua grande y rosada que le colgaba a un lado, como si anunciara pienso. Tenía los ojos muy abiertos y jadeaba. Le propuse a la chica que me lo vendiera. No había nadie en el salón, miró a un lado y a otro, y me susurró cien. Me pareció una cantidad razonable. Le pagué también el importe de la habitación y el desayuno. Me dijo que lo llamaban Yanko, pero que podía rebautizarlo con el nombre que se me antojara. Y por tu bien y el mío, que el jefe no te vea con el perro, añadió.

Conduje por carreteras secundarias escuchando salsa y los ladridos del perro, mi perro Compay. Me detuve al llegar a un embalse. El sol chocaba contra el agua con tanta fuerza que pensé que el efecto espejo podría destruir la capa de ozono. De brazos abiertos dejé que el calor se me acumulara en los párpados, estiré el cuello, que se me colaran también los rayos por las orejas, que se concentraran sobre la punta de la nariz, que masajearan mi cabeza como manzanilla tibia. Me quité el abrigo y me tumbé de espaldas sobre él. Sol. Calor. Sol. Cielo azul. Calor. Saqué uno de los libros que me había recomendado Vicente. Trataba de un viejo farmacéutico que torturaba y mataba a las menores de edad que mantenían relaciones sexuales. A las dos líneas lo abandoné sobre el pecho. Puse mis manos sobre él y noté cómo las tapas plastificadas y blandas de la novela se calentaban. Vi avanzar una nube con forma de tortuga.

Compay corría de un lado a otro, se colaba bajo los setos y sólo dejaba ver su rabo. Como un ratón.

Aún me quedaban unos cuantos billetes. Tapé a Compay con una manta en el maletero y decidí regresar al restaurante. La chica estaba sola, apoyada con los codos en la barra mirando el televisor. Eran unas imágenes de un río desbordado y de los bomberos rescatando a un niño que se había subido a un árbol. La lluvia y el viento hacían que el chaval tuviera el aspecto de un cuervo mojado. Reconocí el parque, era en mi ciudad. Emma se sorprendió al verme. Le pregunté si había por la zona algún lugar donde ir a bailar.

Pagué por las dos y entramos en un local de luz tenue en el que una banda de cuatro vientos y un cantante de peluquín pelirrojo interpretaban clásicos de salsa para seis parejas que me apostaría lo que fuera a que habían aprendido sus movimientos en clases de baile. Sus vueltas eran estáticas, sus gestos serios, sus pasos geométricos. Nadie nos invitó al intercambio de parejas que sí hicieron entre ellos. Cuando nos vi en el espejo se me escapó una carcajada. Ella con aquel traje de camarero y tacones y yo con mi pijama rosa de algodón y las botas de monte. Emma me enseñó un truco: daba un pasito hacia adelante y yo lo daba hacia atrás. Nuestras palmas, unidas y abiertas, giraban en círculo a la vez, como si limpiáramos cristales. Pedimos mojitos, varios. Eran golosos y refrescantes, me recordaron a aquellos helados del verano, cuando era una cría. Yo le enseñé otro paso, uno de cuando las monjas nos obligaban a aprender bailes regionales. Agarradas del meñique aireábamos los brazos mientras dábamos saltitos hacia adelante y hacia atrás, de puntillas. Pero chocamos en uno de nuestros saltos con un hombre de bigote y manos como globos que nos gritó boyeras y nos instó a abandonar el bar. Emma retomó su aspecto triste. Si fuera un tipo duro habría lanzado mi puño hasta desparramarle el bigote y los dientes por toda la cara.

Esperamos en mi coche la aparición de la máquina quitanieves. Durante el par de horas que permanecimos allí sentadas una al lado de la otra, como dos detectives de guardia, me contó que su jefe, el hombre al que había visto junto a la caseta de Compay, le mantenía el trabajo a pesar de que en el restaurante apenas entraba nadie. Estaba aburrida y explotada, pero dónde iba a ir si lo dejaba. Emma tenía ese tono de los que hablan sólo cuando hay suficiente silencio como para no alzar la voz lo más mínimo. Tenía las manos metidas entre las piernas y la barbilla le chocaba con el pecho en un suave pero inquietante vaivén. Por intentar animarla y cambiar de tema y aunque fuera mentira le dije que yo estaba escribiendo una novela. Me pareció escucharle que ojalá se muriera. No sé si ella o el jefe. Del libro no me dijo nada.

X

Había olvidado echar la persiana y me despertó el sol en la cara. Sin salir de la cama probé con otro libro. Uno en el que un fontanero untaba de veneno las cañerías de los fregaderos que reparaba. Continuaba nevando. Los copos caían iluminados sobre el capó del coche. Me acordé de Compay. Al abrir el maletero me saludó con un lametón que me sorprendió. Parecía que ya tuviera claro que yo lo iba a proteger y que él no se iba a quejar si me retrasaba en sus cuidados. Mientras observaba cómo meaba en una de las ruedas del coche pensé que así deberían regirse las relaciones humanas. Si sabes que el otro va a volver no le eches nada en cara, joder.

Compay era buen cazador, me lo demostró ofreciéndome una rata grande que coleteaba y emitía sus últimos chillidos. Como no tenía una recompensa lo subí al asiento del acompañante y salí en busca de comida para perros. Entré en una tienda pequeña y la encargada me convenció para que comprara una lata de albóndigas y otra de salchichas. También le pedí una piña. Por cómo me miró aquella mujer sentí una extraña culpabilidad. Antes de salir le aclaré que la piña no era para el perro.

Regresé al embalse del día anterior y me tumbé sobre el abrigo. Que mi espalda fundiera la nieve. En una piedra vertí las albóndigas y las salchichas. Compay alternaba carreras y saltos con la ingesta, una a una, de aquellas bolitas. Yo intentaba leer cómo un alcohólico dominaba el síndrome de abstinencia haciéndose pajas en un cine porno. Cerré la novela cuando el hombre que estaba en la butaca de al lado comenzaba a masturbar al protagonista. Una bandada de estorninos con forma de flecha atravesaba el cielo. Al apoyarme sobre el costado para seguir su vuelo tropecé con algo.

Palpé y descubrí en el bolsillo interior el pequeño cuaderno de notas con un bolígrafo anclado. Rodé un poco más y, boca abajo, describí cómo Compay había aparecido con la piña en la boca. Añadí que parecía un perro disfrazado de caribeño. Sólo le faltaba el collar de flores. Se lo prometí. Le dije que algún día le colgaría un collar de flores. También le regalaría unas gafas de sol y me compraría otras para mí. Sol. Viviríamos siempre bajo el sol. Lametón.

El jefe estaba dando patadas a la caseta del perro y gritaba algo que no entendí. Yo acababa de aparcar y vi a Emma aparecer en la puerta del restaurante. El hombre arrancó el tejadillo de la caseta y lo arrojó hacia ella a dos manos como si fuera un lanzador de disco. Era incluso más gordo que un lanzador de disco. Escuché el gruñido ronco de Compay. Salí del coche, abrí el maletero y el perro corrió hacia él. Continuó clavándole con furia sus colmillos cuando el hombre ya no se movía.

Paro cardiaco, dijo el forense. Se lo llevaron en ambulancia, pero sin accionar la sirena. Cuando ves pasar una ambulancia en silencio no piensas que dentro lleve a un muerto. Tapamos con una capa de nieve virgen las manchas de sangre. De cuclillas miré a los ojos de Compay, frente a frente, con mis manos sujetando su cabeza. De nuevo me dio un lametón y gimió. Lo abracé y lo animé a seguir cazando. Se fue a saltitos detrás de una mariposa. Babeando como un perro bobo. Bobo.

Me hubiera gustado regalarle a Emma algún libro pero todo lo que tenía eran miserias humanas poco apropiadas para una chica que iba a vivir sola en un hostal-restaurante sin comensales y con habitaciones vacías. Le dejé sobre el mostrador la historia que había escrito del perro y la piña para que tuviera una imagen de Compay más alegre que la del ataque al jefe. No anoté mi número de teléfono ni una dirección.

La última noche, con el hostal en silencio, mientras nevaba fuera y las llamas crujían en la chimenea, Emma abrió una botella de vino y alzó su copa para brindar. Me contó que mientras el jefe la manoseaba ella sólo pensaba en abrir esa botella y alzar la copa porque eso significaría que el testamento se haría válido. Ahora soy la propietaria, añadió. Me fijé en que su flequillo ya no estaba recogido y que se había sacado la camisa por fuera del pantalón. Le sugerí que se comprara un traje nuevo porque el que llevaba no le sentaba bien y se echó a reír mientras me apuntaba con el índice. Le aclaré que mi pijama rosa de algodón era mucho más estiloso y original que su traje de camarero y ella me respondió que nadie me tomaría en serio como escritora, que más bien parecía la mascota de una ludoteca. Sentí una ilusión boba al saber que la noche anterior había escuchado mi falsa confesión de escritora. Así que la mascota de una ludoteca, ¿eh? Me gustó oír nuestras risas y me gustó cómo se enrojecían sus mofletes y también los míos en una especie de espejo y de repente me vi desabrochándole los botones mientras ella me rodeaba el cuello con la mano en la que sostenía la copa, de la que bebía mientras yo seguía con los botones guiada por no sé qué impulso y puede que más roja que ese vino y más roja que esa hoguera. El ruido de un coche me detuvo. A continuación alguien golpeó la puerta y una voz de hombre preguntó si estaba abierto. Emma me agarró por el brazo y me dijo Espera. Se quitó la pajarita, la camisa, el pantalón y me los tendió. Me dijo que los zapatos no me los podía dar. Antes de irme me gritó que también me haría falta, y me lanzó el sujetador.

Llamé al inquilino y acepté su rebaja. Con tal de que me ingresara algo para seguir llenando el depósito me valía. No se lo dije con estas palabras, claro. Paré en la discoteca. Me aproximé hasta el hombre del bigote y hasta el bigote del hombre. Le dije a Compay Éste, éste es. Luego las rectas me permitieron poner el coche a ciento cuarenta, ciento cincuenta, ciento sesenta.

XI

Llegué a una playa con un chiringuito cerrado por fin de temporada y un aparcamiento vacío. Dormí en el asiento trasero, del tirón. Al amanecer me acerqué al mar. Bañarse en invierno es como colarte en el cuerpo de una persona del otro hemisferio. Flotaba boca arriba con los brazos en cruz cuando recordé lo que había soñado. Lo he apuntado en la libreta: estaba en el restaurante de Emma cuando una mujer con sombrero de plumas negras llegaba y nos contaba que había venido a un funeral. Entonces Emma le preguntaba quién se había muerto y ella respondía que nadie. Nadie todavía.

Me seco con el pijama y me visto el traje de Emma. Me siento un chorizo con escote. Juro que en un mes lograré subirme la cremallera del pantalón.

Calculo que habrán tardado más de una hora en recogerme. Nunca antes había hecho autoestop. Una chica no se sube a un coche con desconocidos, no hacía falta que nadie me lo recordara. Siempre me ha dado pánico la suma de cunetas más coches. Mis padres murieron en un accidente de tráfico, pero eso no tiene nada que ver con mi reticencia. Me parece jugar a la ruleta rusa, y punto. Sin embargo, después de caminar mucho y sin ningún pueblo en el horizonte, alcé el pulgar. Un coche frenó a mi lado y salió una mujer vestida con un chándal gris y el pelo enrollado en un moño. Antes de dirigirse a mí, se agachó y le pidió a Compay la patita. Aunque mi perro permaneció babeando con la lengua fuera sin hacerle caso, la moñuda sacó del bolsillo de la sudadera unas galletas con forma de hueso que él devoró. A continuación vertió agua en un cuenco rojo y le acarició la cabeza mientras el perro bebía. No me ofreció el dedo de líquido que quedaba en la botella. Yo también babeaba de sed. Cuando se dio la vuelta para regresar al coche leí en su sudadera *Astracán. Domadores de perros.* No me fío de los domadores de perros. Alguien que es capaz de hacer que un animal de vueltas por el suelo o que aguante el olor de una chuleta en los morros no me parece de fiar. Porque tienen un poder oculto. En siglos de investigaciones nadie ha logrado descifrar el lenguaje animal pero hay una raza de humanos capaces de comunicarse mínimamente con ellos. Los domadores de perros.

Necesitaba llegar a un pueblo con cajero, comprar gasolina, volver al coche y descubrir por qué narices había desnudado a Emma. Si el precio que tenía que pagar para continuar mi viaje era subirme a un coche desconocido y además conducido por una domadora implacable con mi sed, habría que arriesgar. Por suerte el trayecto fue de apenas diez kilómetros y ninguna forzó la conversación. Ella me miraba de reojo de vez en cuando. Tal vez por la ropa o porque el pelo me pingaba y mojaba su asiento. Antes de despedirse observó de cerca la mandíbula de Compay. Me dijo que sus incisivos eran potentes, que si me interesaba podía encontrarme un comprador. Compay cerró la boca cuando ella le inspeccionaba los molares. Casi le pilla también la nariz. Quizás no fuera tan buena domadora.

Tenía la espalda empapada y lo primero en lo que invertí el dinero fue en un corte de pelo. La peluquera me dijo que tenía la melena muy seca y castigada. Me aplicó una mascarilla y todo tipo de cremas y tratamientos. Le dije que sí a todo mientras me masajeaba la cabeza. Pensé en Emma desnuda, en tacones, lanzándome el sujetador. Empezó saneando las puntas. Insistí. Corta más. El pelo iba cayendo al suelo. Más corto. Emma con su brazo alrededor de mi cuello. Más corto. Salí rapada y mientras paseaba por el pueblo noté el calor del sol en la nuca. Y me gustó.

Las casas eran de una sola planta. Blancas y pequeñas. Con tiestos con geranios junto las puertas y algunos grupos de viejos sentados a la sombra. A la sombra en invierno. Me indicaron dónde podía desayunar.

Pedí zumo, café con leche y tostada con aceite y tomate, que un chico vestido como yo, pero abrochado del todo, me sirvió en bandeja, en una terraza, al sol. Al sol en invierno. Me sentía rica, con la billetera llena y un perro de pedigrí tumbado a mis pies. El camarero me ofreció sobras de la cena para Compay. Colocó una montaña de huesos y carne en papel de plata. Creo que era pollo, también había pimientos y patatas. Mientras desayunaba ojeé sin interés el periódico local hasta dar con el siguiente titular: «Un parado estrella su bicicleta contra la oficina de empleo».

El chico me preguntó que qué me parecía aquel suceso. Tenía un acento curioso, hablaba como con la risa puesta en la boca y no entendí por qué. Se trataba de una desgracia, porque el chaval de la noticia se había quedado en silla de ruedas, así que le respondí que menudo chiflado y me dijo que aquel chiflado era su primo y que el puñetero al final se había atrevido. Apoyó su mano en mi hombro: No estés tan seria, fue una apuesta. Se marchó y yo me quedé escuchando aquella risa de sol y algo se me removió por dentro. La foto que acompañaba la noticia era la del parado posando para la policía. Tenía los labios apretados, como si también estuviera conteniendo una carcajada. Anoté en mi libreta que había una vez un chaval feliz que había cambiado una bicicleta por una silla de ruedas. El chico me cazó y me preguntó que si escribía, de nuevo con la guasa arrastrando sus palabras. Me lo tomé como una amenaza. ¿Y de dónde eres? ¿Eso lo sabes? Le respondí que del norte y me sonrió: Claro, por eso eres tan seria. Se me quedó mirando a los ojos, y me pareció que poco a poco se le fueron haciendo más chiquitos y más de agua. Y con esa piel tan blanca, añadió, sólo podías ser del norte. Le pregunté si me acercaría hasta una gasolinera y luego a la playa donde había dejado mi coche seco de combustible.

Derrapó en las curvas. Resultó que tenía las llaves del restaurante de temporada y tumbados sobre una montaña de hamacas me coló su mano por la camisa y se alegró al encontrarme sin sujetador.

El camarero me susurró Emma una y otra vez y Emma sonaba a fiesta, hasta el punto de hacerme cosquillas al rebotar en el tímpano y el martillo y por todos los huesecillos de mis oídos. Entre los dedos de los pies, los pliegues de las rodillas, el ombligo, la nuca y la boca. Emma, Emma, Emma sonaba muy bien. Al despedirnos me pidió la placa y se la enganchó en su camisa. Léela al revés, me dijo: Amme. Y ahora en pasado: Ammé. Yo también escribo, confesó. Vaya con el camarero, pensé. Yo me quedé con la suya, Manuel. Léela al revés, le dije: Leunam. Le regalé los libros de la biblioteca y le animé a que se los llevara a su primo. Me rogó que se los dedicara y al firmar mi garabato y el Deseo que te guste le prometí que mi próxima novela tendría un protagonista llamado Leunam con una sonrisa tan soleada como la suya. Hasta yo me lo creí.

Volví a hacer el muerto en el agua. El sol chisporroteaba en el horizonte, pero qué horizonte. Ya casi no sabía dónde estaba y mucho menos hacia dónde iba.

XII

En el lío de pantalones y camisas de camareros, Manuel se había llevado mi ropa y yo me había quedado con la suya. También me había dejado un chupetón en el cuello y un par de coloretes en la cara. De Emma sólo me quedaba el sujetador, varias tallas por debajo de la mía, y la pajarita. Con dos nudos logré fijarla de muñequera. Le di vueltas mientras pensaba. Cinco, seis, diez. No quedaban albóndigas ni salchichas y confié en el instinto cazador de Compay. Encontré una navaja junto a la rueda de repuesto y la guardé en el bolsillo del pantalón, junto a la libreta, el móvil y el boli. A San Antonio le reservé el bolsillo de la camisa. Sobresalía su aro dorado. Besé el volante y le di dos golpecitos al capó del viejo coche de mi abuelo. Él hubiera hecho lo mismo.

Un cartel de madera con un mapa al otro lado del aparcamiento mostraba un sendero que bordeaba la costa, atravesaba tres playas y finalizaba en una población con castillo. Leí que en el recorrido se podía ver un tipo de escarabajo endémico, un roedor en peligro de extinción y una conífera centenaria protegida como patrimonio natural. Durante el invierno era frecuente avistar aves migratorias. Intenté memorizar los nombres científicos de todos aquellos bichos y plantas. *Coleopterum. Pinaster. Rondetia.* El panel indicaba una distancia de veinte kilómetros y un desnivel de apenas doscientos metros.

Recorrí el surco rugoso y rojo del trayecto con la yema del meñique, de principio a fin. Planeé ir y regresar en el día. Me convencí de que sería toda una aventura y que, además, podría experimentar algo parecido al cansancio que relataba mi abuelo. Anudé bien los cordones de las botas y me arremangué los pantalones por encima de los calcetines. Le hice un par de dobladillos a las mangas de la camisa y silbé. Compay salió del agua y se sacudió al llegar a mi lado. El perro tenía claro quién era su dueña y eso no dejaba de fascinarme. Le expliqué que nos íbamos de ruta. Comenzamos remontando una fuerte subida de piedras sin más sombras que las nuestras. Deseé que aquellos fueran los doscientos metros de desnivel. Llegamos jadeando a lo alto de un acantilado desde el que se veía la continuación de la ruta. Inspiré y aullé con fuerza, sin eco, sólo por ver hasta dónde llegaba mi voz. El corazón me iba tan rápido como una batucada. La última vez que había hecho algo de deporte fue en el instituto. Desde entonces, me había mantenido fiel. Un cuerpo grande como el mío podía perder la estabilidad fácilmente, me decía. Mejor cuidarlo bien, agasajarlo con cojines y con ruedas. Los últimos meses me había reafirmado en mi convicción. Un tipo duro no hace deporte. Un escritor ha de estar sentado. Una mente pensante ha de permanecer quieta, atenta. Sin embargo, tenía que reconocer que desde allí arriba el mar destellaba mucho más que desde el asiento del coche. Además olía fresco, como a especias, y se escuchaba el ronroneo de un viento suave, cada vez más cálido. Noté cómo una gota de sudor me bajaba desde la nuca. Entonces sonó el teléfono. Era el editor. Iban a traducir la novela. Mencionó cifras, nombres, lugares. Tres pitidos me avisaron de que la batería se estaba agotando. Mencionó contratos, citas, firmas, entrevistas. No pude decir nada. Me preguntó que cómo llevaba la segunda parte y que si nos podríamos reunir. La pantalla se apagó y dejé de escucharle.

Volví a mirar el apabullante mar. Tan calmado. Tan vivo. Iban a traducir la novela. Mi nombre y la historia de mi abuelo atravesarían fronteras. Y no sólo eso. Aún querían la continuación. Sentí otra gota de sudor, esta vez más fría.

XIII

Compay jadeaba con la lengua fuera. Tenía los ojos medio abiertos y lloriqueaba con el hocico en alto. También él sudaba. Le dije venga-vamos-ven dando palmaditas en mis muslos. Nos dirigimos a la sombra de una encina y el perro reposó su cabeza sobre mis piernas. Con una ramita escribí Emma y al lado Manuel. Tracé una comba entre la *a* y la *m* y leí en alto: Emmmanuel. Lo repetí recalcando esas tres emes: Emmmanuel. Necesitaba recargar el móvil o desaparecer. Miré de reojo la libreta, el mapa ocre de la portada impoluto, casi nuevo. Me abaniqué con ella, también aireé el flequillo lacio de Compay, que cerró los ojos. Le soplé, le soplé largo, largo, largo hasta que estornudó. Luego posó de nuevo su cabezota sobre mis piernas estiradas hacia el horizonte. Anoté que el mar era un enigma que nos envolvía y por primera vez fui consciente de lo mucho que me relajaba no saber qué sucedía en su interior. Y así seguí escribiendo chorradas sobre la ambición del hombre por meterse en todas partes y no asimilar lo desconocido, de no dejarse llevar sin más como las olas van, como las algas bailan, como las dunas avanzan. Sin más. Joder, yo quería vivir sin más.

La tarde también se agotó sin más. Anocheció y perdí el rastro de la tinta. Del sol quedaba una rojez pálida mezclada con las aguas que tanto me habían hecho escribir. Me abracé a Compay. Guardé la libretita bajo el brazo, la acurruqué también con nosotros.

XIV

Me despertó un bufido gélido. Como flashes vi unos colmillos y dos ojos rasgados de algún animal a cuatro patas que desapareció entre los matos. El perro ya estaba despierto. Temblaba. Ni pequeños roedores ni pájaros migratorios. Allí había tigres enanos o qué. Palpé hasta encontrar la navaja y escuché de nuevo el bufido. Compay aulló como un llorón. Vaya con el perro asesino. Esos molares, Compay. Por Dios, babea, gruñe, ladra fuerte, joder, pero no gimas. Se metió entre mis patas el muy cobarde y aquello reapareció tan fugaz que apenas había hecho click clack con esos ojos nocturnos y ya lo tenía clavado al muslo. Empuñé fuerte la navaja y la lancé contra el bicho, pero sus afilados dientes se incrustaban en mi piel como un taladro. Elevé la otra pierna y gritando por lo que no quería hacer aplasté la cabeza de lo que fuera aquello contra el suelo. Sentí la fractura en todo el cuerpo.

Sin luna y cada vez con más frío esperé en silencio la llegada de la luz de la mañana para descubrir el estropicio que había provocado. Quedaba su envoltorio puro, salvaje, moteado, rayado, pero se había borrado su fiereza, incluso sus colmillos, incluso la sangre. Eran detalles insignificantes, inocentes. Enjaulé mi cabeza entre las rodillas y lloriqueé y gemí por haber destrozado semejante belleza. Me incliné sobre su pequeño cuerpo. Los labios me temblaban al besarlo. Olía a tierra y al recogerlo del suelo fue como si su peso se quedara abajo, como si hubiera encontrado el camino entre las raíces de la encina. La cabeza y la cola le colgaron sobre mis manos. Sin dejar de llorar, pero con determinación, lo arrojé al mar tan lejos como pude. Deseé que allá donde aterrizara ningún cazatesoros marino lo encontrara. Que incluso en su descomposición continuara siendo libre y anónimo.

XV

Mi pierna parecía un código Morse. Hinchada y amoratada. Seguimos las rayas rojas y blancas que aparecían cada poco en piedras o en postes de madera. Compay avanzaba y retrocedía saltando, a carreras. Yo me quité la camisa y la enrollé alrededor de la cabeza. Rodeé las tetas con los brazos durante los primeros metros. Luego las liberé. No sentí vergüenza. Pero enrojecieron.

El día fue avanzando con una sensación de lentitud y fatiga. Sin nubes. Sin sombras. Las plantas no levantaban por encima de las rodillas, eran arbustos ariscos. El camino de tierra serpenteaba cuesta abajo hacia el mar. Era una senda evidente, con flechas pintadas de amarillo en cada hito.

Estaba claro por dónde continuar. Así debía ser siempre. Con marcas. No me salí del camino y me prometí que llegaría hasta el final. Había tardado en darme cuenta. Ahora ya sabía cuál era el método. La herida me bullía, los gemelos me pesaban como si arrastrara grilletes, pero poco a poco me aproximaba al pueblo donde finalizaba el sendero. Tanto tiempo en la cama me había reblandecido el cerebro. En ese instante lo tenía a punto de estallar de calor o de dolor, pero era tan fácil avanzar. Cuando terminara la ruta haría lo mismo con mi vida. Paso a paso de un plan. Me reí de mí misma, que siendo topógrafa no había sido capaz de trazar un mapa con etapas que ir cumpliendo y un objetivo final claro.

De repente una especie de ratoncillo cruzó frente a mí y se coló por entre los arbustos. ¿Rodentia? Lo llamé. Me detuve y escuché sus ruiditos agudos. Los seguí a gatas, imitándolos. Me respondieron. Estaba cerca y volví a imitar el sonido. Asomaba la cabeza desde un pequeño agujero en el suelo. Sus dientecillos eran grandes para el tamaño de su cuerpo. Sólo quería mirarlo. Contagiarme de su mirada sana, de su vida, pero un zarpazo de Compay me lo apartó de la vista. Se lo saqué de la boca aún vivo y le arreé un tortazo en los morros. No. Eso no se hace, Compay. No. Agachó el lomo.

Atardecía cuando llegamos a la primera playa. Me desnudé y sumergida en el agua noté la herida supurar, mi piel efervescente y los labios secos. Sentí que la cabeza se me iba hacia arriba como un globo mientras que el estómago me bajaba a los pies.

XVI

Desperté en el hospital con los gritos de una tertulia televisiva. Miré a un lado y vi a una mujer recostada que observaba la pantalla. Intenté hablar sin éxito. Alguien me dijo Descansa y era una voz de hombre dulce y tranquila. Cerré los ojos y la voz continuó meciéndome con su Descansa, descansa, mientras me acariciaba la pelusilla de mi sesera. No me daba la cabeza para más, sólo para pensar que no había alcanzado mi meta. Una vez más, me torturaba. No he alcanzado mi meta.

Soñé que me caía de un árbol y que el animalillo me salvaba del impacto contra el suelo. Ofrecía su lomo para que me estampara contra él. De nuevo lo había destruido.

La voz me dijo que había tenido una pesadilla. Intenté verle el rostro pero era sólo una voz. Su piel se recortaba contra la claridad que entraba por la ventana de la habitación. ¿Y Compay?, pregunté. Descansa, me volvió a susurrar. Ya no me pareció tan dulce. No quería descansar, quería saber dónde estaba mi perro. Auné fuerzas para abrir los ojos y para enderezarme, pero las sábanas parecían de aceite y me escurría. Mis párpados eran bolas de acero.

Soñé que me caía de un árbol e impactaba contra otro cuerpo. Esta vez era el de Compay, que resistía el golpe. Me invitaba a subirme a su lomo y sobre él cabalgaba hacia el mar y continuábamos agua adentro hasta encontrar al querido animal en su feliz hogar acuático.

Desperté de noche. Sin nadie que me susurrara Tranquila me sentí mucho más calmada y con ánimo para intentar de nuevo batirme contra las sábanas. Saqué las piernas y me quedé mirando a través de la ventana la noche, tan tranquila. En la mesita había un sobre con mi nombre. Lo abrí. Manuel me explicaba que ya no podía pedirse más días para cuidarme pero que cuando saliera del hospital le llamara para vernos. Ahí estaba su teléfono. Me acordé del mío, que se había quedado sin batería.

Mi último recuerdo era el de sumergirme. Regresé al papel que con palabras cariñosas Manuel me había escrito. Contaba que después de nuestro encuentro regresó al aparcamiento con intención de verme y que al no encontrarme allí se preocupó. Se lanzó con su coche por la carretera y entonces vio cómo me adentraba en el mar. Tuve suerte, dice él, de que en ese momento y tal vez gracias al destino que nos había unido te viera y reconociera tu espalda. Así que mi amado se lanzó a la playa que yo creía privada y nadó hasta rescatarme de una muerte segura, remataba. Pues una pena, Manuel. Te prefería en mi recuerdo. Y tal vez ni eso. Tal vez me prefería muerta.

Amaneció. En el armario sólo encontré la ropa de mi compañera de habitación. Una falda de cuadros con cremallera lateral y una camisa de piñas. De piñas. Ningún objeto personal.

Una fila de diez taxis con sus taxistas apoyados en las puertas de sus vehículos me hizo detestar la humanidad. El motor estaba encendido mientras ellos echaban un cigarro, leían el periódico o cambiaban el palillo de un molar a otro. De las radios salía una mezcla de bachata, fútbol y noticias. Cacé algo sobre una chica rescatada en la playa. Vivía. Pronóstico reservado. Intenté escuchar si decían algo del perro pero hubo un gol que neutralizó el resto de emisiones. En mi familia llevaban con orgullo no gastar en taxis. Pocas costumbres conservaba de mis padres, pero ésa me parecía importante.

Comencé una marcha zamba. Me pregunto por qué y en qué momento las mujeres asumieron llevar faldas. Cada paso que daba era antinatural, limitado, y además un aire extraño me subía por las piernas, como si el suelo advirtiera que me tenía que empujar para que pudiera seguir caminando. A los pocos minutos, todavía próxima a la mole del hospital, me topé con una parada de autobús. Allí me senté a estirar las piernas a lo ancho. Me subí la falda todo lo que pude. Había sido mala idea apropiarme de las ropas de una abuela. Todo era de lana. Todo me picaba. Todo. Apareció un bus con destino Playa. Me levanté. Al subir vi en el retrovisor del conductor mi cara enrojecida. La llama me subía desde el interior de la camisa hasta el cuero cabelludo. Las piñas ardían. Imité a los que llevaba delante, que arrimaban el bonobús a una maquinita. Los pasajeros me miraron, no sé si por el truco o por mi cara quemada, pero nadie dijo nada. Y eso que yo hice el pitidito de la máquina con la boca y sin disimular. A veces la vida es más fácil de lo que pensamos. Si quieres colarte en el autobús, lo haces. Me senté junto a un niño o un adolescente; no sé muy bien qué edad tendría pero sólo se fijaba en mis piernas, de arriba a abajo. Comía una bolsa de patatitas. Las cogía a puñados y a la boca. Tenía la cara con restos de sal. Continuó mirándome las piernas y comiendo, como si estuviera viendo una película. Me preguntó con la boca llena de patatas que cómo me había hecho todos esos moratones y heridas. Le respondí que me había mordido un bicho. Me sugirió que me depilara los pelos porque se me podían infectar las heridas y que aquello dolía un huevo. Él iba en pantalones de jugar al fútbol. Se subió la pernera derecha hasta la ingle y me enseñó una cicatriz de unos diez puntos. Ostia. ¿Y eso? Esto no es nada, tía, que sigue. Definitivamente no era un niño. El verano pasado empecé con el skate y ya sabía un montón de trucos. Giros, saltos, derrapes. Mola un montón el skate, estaba flipado, pero me faltaba el rollo de las barandillas. Las cuestas, la U y los escalones los pilotaba bien, pero la barandilla, eso ya eran palabras mayores.

El autobús paró en un polígono industrial. Si íbamos a la playa ése no parecía el camino. Qué carretera pasa por delante de unas fábricas, de unos almacenes desconchados, para ir a la playa.

El caso es que mi primo me dijo que lo que más molaba eran las barandillas y que si no me atrevía era porque era maricón. Ya sabes, una mierda que tu primo mayor te llame maricón. Lo tienes que hacer y punto. El tío, que será mi primo pero es un cabrón, se presentó acompañado de la chorba, que está que te cagas, y me dijo que venga, que al lío, y el muy gilipollas de mí va, salta y caigo con los huevos contra la barandilla, que además estaba toda rota. Me hice una avería brutal. Y por experiencia te digo que es mejor llevarlo afeitadito.

Vaya con el crío. No se le había cambiado del todo la voz y ya hablaba como un mafioso. Tenía restos de patatitas colgándole en la pelusilla del bigote y un grano gordo y rojo justo debajo de la oreja. Gordo. Rojo.

Decidí callarme la boca, que el chaval se terminara la bolsa y se olvidara de mí. Pero al poco va y me pregunta que si soy tío o tía. Soy el demonio, ¿no lo ves?, le respondí. Y le dio un ataque de risa, con las patatas chisporroteándole en la boca como peta zetas. Y tal era su risa, que me la contagió. Tú no pagaste, ¿eh? Vaya lista, ese truco no siempre funciona. Y te has fugado del hospital, ¿a que sí? El chaval sacó una gorra de la mochila que llevaba a sus pies y me la ofreció. Decía: *Be happy!*

Joder tía, yo también me escapé cuando lo del skate. Resulta que no se me subía y eso, el pajarito, ya sabes, y eso en el hospital no lo arreglan. Me coloqué la gorra en las rodillas. El chaval, mientras hablaba, me miraba las piernas fijamente. No sé si le gustaba la sangre de las heridas o la carne en general. Volvió a subirse el pantalón hasta la ingle, y con dos dedos se sacó un huevo de la redecilla del pantalón y me lo enseñó. Era un trozo de carne arrugada, nunca pensé que el huevo de un adolescente estuviera tan arrugado. Me dijo: ¿ves? Fíjate hasta dónde me rajé. Me ha quedado tonta. En fin, estaba claro que era buena gente, porque decía las cosas tal y como le venían a la cabeza. Yo creo que sin maldad, pero me levanté. Joder, que había perdido al perro, que me había fugado del hospital, que se había hablado de mí en los medios, que se había enamorado de mí el camarero aquel. Joder, que yo había escrito un *bestseller* y me tenía que comportar. No era plan de que me acusaran de pederastia o provocación de menores. ¿Cuándo una mujer ha sido acusada de eso? Aunque bueno, tal vez en la cárcel estaría mejor que en esta locura de mundo. Si me relajaba terminaba quemándome y casi ahogada, si aspiraba a una vida creativa acababa deprimida en la cama porque no encontraba la inspiración, si conocía a una chica amable la besaba, si un chico me metía la mano por la camisa y me abría un chiringuito de playa, tampoco había barreras. Y ahora este crío. Pero qué coño pasa conmigo. Y no va y me pregunta si soy un tío o una tía.

Me calcé su gorra como los famosos, bien calada hasta las cejas. En pie me bajé la falda y avancé hasta la salida, a esperar la próxima parada. Cuando se abrieron las puertas alcé el dedo pulgar al chico y me respondió con el mismo gesto. Me depilaré, le dije, y él contestó que de puta madre.

XVII

El polígono industrial había finalizado y un mar de invernaderos me recibió con una bofetada de calor y química. Olía tanto a fertilizante que las heridas empezaron a picarme más. Olía también a grasa, a gas, a todo menos a fresas, tomates o lo que fuera que crecía bajo aquellas olas de plástico. Eran kilómetros de metros cuadrados que se extendían sin fin. Al fondo temblaban como los oasis de un desierto. Se mezclaban con lo que parecían molinos de viento. Un camión me sacó de mi gimnasia visual atufándome de polvo. El conductor me pitó y me gritó Espabila chiflada. El rótulo decía: «Escudero, los mejores espárragos del mundo entero». A pesar de la nube de suciedad que me envolvía me entró un ataque de hambre. Imaginé unos espárragos verdes y gordos a la plancha, con un chorrito de limón por encima, con un currusco de pan para mojar en el juguito. Yo seguía bajo la sombra de la marquesina del autobús observando cómo las camionetas de comestibles iban y venían. Al otro lado de la carretera hileras de operarios como hormigas cargaban furgonetas con cajas. Mis tripas rugieron y tragué saliva. Me lancé en una carrera limitada por la estrechez de mi falda y crucé a trompicones, levantando la mano para que los conductores pararan y me dejaran pasar. Recibí unos cuantos pitidos pero logré alcanzar el edén de las cajas de comestibles. Estaban por todas partes, apiladas unas encima de otras. Aguacates, peras, fresas, zanahorias.

Un hombre de bigote frondoso con terminaciones amarillentas me agarró del cuello. Su mano era grande y tosca como una hogaza de pan de pueblo. Me miró de arriba abajo y sólo con ese movimiento de su cuello de becerro supe que era inofensivo, que no apretaría, que sólo estaba marcando territorio. Yo tenía una manzana en la mano, mediada. Le di las gracias y me soltó. En su camisa azulcurrante lucía una placa de encargado. Le volví a dar las gracias y añadí Disculpa, Julián. Eso era lo que ponía la placa: Julián. Encargado. Sin apellidos, Julián, me quitó la gorra y me dijo Sígueme y fui tras él comiendo la manzana. Qué más podía hacer.

Unas cincuenta mujeres con gorrito y delantales blancos metían uvas en envases de plástico y al final de la cadena otras cerraban las cajas. Los racimos avanzaban por la cinta transportadora sin cesar. Era un festival de uvas gordas. Julián me dijo que si quería trabajar le hacía falta gente.

Me duché en los vestuarios y me vestí con la bata y el gorro. Dejé mi ropa en la taquilla 53. En el espejo interior de la taquilla me topé con mi cara enrojecida, hinchada y sucia. Mis ojos lejanos. Mis labios secos y agrietados. Pero sonreí al espejo.

Antes de comenzar Julián me dio un bocadillo de jamón. No quiero verte comer ni una uva, si lo haces estás despedida.

Coger uvas y meterlas en una caja de plástico. Un par de racimos. Uno y otro. Adentro. Mi compañera de la derecha me dio la bienvenida. Fátima, dijo que se llamaba. Yo sólo tenía que meter uvas en las cajitas y escucharla. Escucharla hablar y cantar. Tenía la alegría del pájaro que trina. Fátima trabajaba y cantaba y cuando hablaba conmigo lo hacía con la misma rapidez con la que desgranaba las uvas. Mis dedos, en comparación con los suyos, requerían otro nombre. Dos sílabas para referirse a esas falanges lentas y entumecidas era mucho desgaste de saliva. Pero Fátima tenía energía para las dos y me explicó, en su idioma, cómo las yemas podían retirar sin esfuerzo la redondez del tallo en un resbalón ágil cual pellizco en el moflete de un rapaz. Era bello su idioma, tanto que no entenderla lo hacía aún más envolvente y mágico. Sentía mis neuronas amansadas por sus variaciones en la entonación. Cuántas erres y jotas y eses tan bien enlazadas sin sentido en mis oídos. Qué toboganes los de sus vocales. ¿Y si yo escribiera lo que escuchaba de ella para mi requerida novela? Alguien podría sentir lo mismo que yo cuando la escuchaba. Alguien entendería que los sonidos de la boca de una mujer alegre no necesitan traducción. Había más fiesta en sus enigmáticas frases que en la mejor descripción de una verbena multitudinaria. Pero escrito perdería toda su fuerza. Debería grabarla, pero cómo si ya no tenía móvil. Fátima lucía además una dentadura blanca en permanente escaparate. Qué belleza la de algunos dientes. Tan sólidos y firmes. Tan amigables los dientes de las sonrisas blancas como las de Fátima.

Así pasé la mañana, en el ritmo alocado de las uvas, con el ruido de las máquinas arengándonos como tambores de guerra, con los cánticos tribales de mi compañera. Y cuando Fátima me dijo la acompañé al vestuario y cuando Fátima me dijo me subí con ella en su moto y cuando Fátima me dijo me vestí con el sari naranja con bordados azules espiralados y esperé a que sirviera la comida en el salón de su casa. Esperé de rodillas en la alfombra junto a tres chiquillos de edades agolpadas y las mismas sonrisas de su madre y el mismo barullo en sus voces. Posó una fuente con un pollo entero, sin despiezar, que atacaron con las manos. Engrasaron sus dedos y sus labios ya de por sí brillantes y gruesos.

No había padre. El jarrón con flores artificiales y la vela encendida junto al retrato del soldado en blanco y negro lo decían todo. Podría ser un hermano o un tío pero sin duda aquel hombre ofuscado ante la cámara era el causante de los ojos de los muchachos. Ojos negros, fieros y despiertos, parientes de los lobos que atraviesan los desiertos. Desgajar la carne blanca del pollo fue depurador, arrancar su piel y adentrarse en el calor interno del cuerpo, en las vísceras candentes aunque muertas, fue colarse en lo sagrado de la comida. Cuánto trabajo para mis dedos aquel día. Chuparlos impregnados de especias y de sal, sentirlos sabrosos, cálidos y vivos. Mis dedos también convertidos en cuchara cargaban arroz a puñados y mi boca como una cueva recibía los alimentos gozosa de que fueran dedos en vez de cubiertos metálicos y fríos los que en ella se adentraban. Qué maravilla saciar el hambre feroz desde las manos. Luego Fátima corrió las cortinas de la salita, me mostró un sofá alargado en forma de U y me tendió una manta de tela con dibujos de elefantes tocados por coronas imperiales. Con ellos me cubrí de la cabeza a los pies y soñé que subida a su lomo cruzaba en la noche estrellada un desierto de dunas inmensas. Tras una de ellas apareció Compay. Corría hacia mí con su lengua al aire, babeando y con ojos de perro loco. Al juntarnos yo me daba cuenta de lo sediento que estaba y le di de beber de la trompa del elefante.

Desperté pensando que era una señal, que Compay me necesitaba. Pedí papel y bolígrafo y describí al detalle aquel sueño revelador. Si las pistas me habían llegado por la vía inconsciente debía plasmarlas en papel para que no se esfumaran. Los sueños, todo el mundo lo sabe, son escurridizos. Agarré aquellas imágenes de las dunas y las estrellas y las huellas gigantescas de las pisadas de los elefantes en la arena y no las solté hasta que las hojas se llenaron de detalles.

Al terminar lo releí y no entendí nada. No sabía hacia dónde partir, en qué lugar se hallaba aquel desierto que escondía a Compay. Compartí mi angustia con los chiquillos, que me habían observado escribir desde el suelo, donde echados boca abajo completaban sus deberes mientras se arreaban collejas o peleaban como gatos. En todo niño hay un aspirante a detective y asumieron la investigación como un reto vital. Teclearon en el móvil de su madre palabras, agolpados sobre la pantalla se rifaban el aparato, discutiendo en su idioma se lo quitaban unos a otros, y escribían casi a la vez inclinados hacia aquella especie de lámpara mágica. ¿Es éste? ¿Es éste? ¿Es éste? Así me mostraron más de una veintena de perros desaparecidos que poco tenían que ver con Compay. Había tantos perros perdidos o abandonados como arena en aquel desierto. Abrumada por todo su pelaje y sus miradas tristonas, por sus orejas lánguidas y sarnosas, inconsolable por tanta pena en los corazones de tanta gente y tantos perros, frente a aquellos tres zagales despiertos, entregados y ruidosos me eché a llorar sin tregua, con llantos en alto, mocos y suspiros profundos, con una catarata de pena que los buenos detectives infantiles tuvieron a bien calmar con un abrazo a la altura de mi cadera y un grito a su madre que pronto apareció y pronto me preparó un té con galletas y otros dulces que ingerí entre lágrimas, sintiendo el calor del llanto prolongado y la confusión de mi pena. Fátima me acarició la cabeza como la madre que era, me limpió la cara con un pañuelo humedecido y perfumado con fragancias cítricas, me echó una crema en la cara, me agarró de las manos y gritó algo a sus hijos.

Todos me acompañaron al sótano de la casa. La solución a mis lamentos estaba bajo una tela que retiró para que yo viera una bicicleta. Los muchachos hincharon las ruedas, ajustaron el sillín, engrasaron la cadena y revisaron los frenos. Aquellos chiquillos eran un equipo fabuloso. Me escoltaron en la vuelta que nos dimos por el barrio y me eché unas carreras con ellos que me devolvieron la energía. Como esas linternas que brillan a base de darles cuerda. Rodé y me di cuerda y hasta brillé. Recorrimos el barrio en busca de Compay. Tampoco apareció, pero yo regresé activada a la casa de Fátima.

XVIII

Al día siguiente, que era sábado y no había que apilar uvas, mi recorrido sería más amplio y mi búsqueda más intensa. Los niños tenían partido. Salieron disfrazados de jugadores de baloncesto con una cinta en sus frentes y los calcetines subidos hasta las rodillas. Botaban el balón dentro de la casa atronando la mañana sin piedad. Se lanzaban la pelota a riesgo de roturas de objetos o narices. Creo que hasta de noche aquellos santos alborotaban. Y lo digo porque dormí en su cuarto, en concreto en la cuarta litera sin ocupante. Encima de mí giraba el más pequeño de los tres, ansioso en sus sueños como un pez en una pecera. Y a la mañana siguiente seguía moviéndose de un lado a otro con los verbos saliéndole por la boca en cascada y los brazos giraban en aspas y las piernas se elevaban ruidosas en saltos y patadas. Increíble la energía de aquellos niños. Los tres partieron en una carrera competitiva con su carrusel de voces calle abajo y Fátima y yo suspiramos frente a frente. Tras este breve descanso para tomar oxígeno por la vía del suspiro la mujer se lanzó también en un frenesí de limpieza y subió las sillas a las mesas, dobló las alfombras sobre sí mismas, bajó las lámparas de los techos y fregó el suelo con tanta intensidad en la bayeta que podrían haber aparecido restos arqueológicos bajo las baldosas. Tal vez yo sobraba. Pensé que corría el riesgo de ser frotada y enjabonada y depurada con lejía. Era el momento de salir con la bicicleta en busca de Compay. Me hice entender con ridículos pero efectivos gestos de pedaleo y jadeo canino y Fátima, empeñada en ser también mi madre, orquestó en un periquete una bolsa con una manzana y un bocadillo del que rebosaba un filete de pollo empanado y su lechuga y su tomate y sus buenos chorretones de mayonesa. Además metió un botellín de agua y un par de chocolatinas. Me sentí camino del colegio con mi aperitivo. Sólo faltó una piruleta por haberme portado bien. Sí me regaló un beso en la frente como a la colegiala a la que se le despide con un Pásalo bien, hasta la tarde. Colgué la bolsita de tela en el manillar de aquel trasto negro, grande y pesado, de desarrollo largo y con barra en el medio. Di por hecho que era la bicicleta del marido ausente. El adiós en mi mano al aire y a rodar cuesta abajo por un barrio desconocido en el que los perros parecían más libres que sus dueños. Era gente como Fátima: atareados en cavar zanjas, ensimismados en regar las aceras, esforzados en emplastar paredes. Los perros vagaban solos pero ninguno era el mío, y a pesar de su ausencia el ánimo me inundaba.

La cuesta abajo había sido una bocanada de aire inspiradora y refrescante que me había arrastrado a sentenciar que todo era fantástico. Y todo es todo: el cielo y el sol sobre la cabeza, los aromas de los jardines, la velocidad en las pestañas, la tela libre que volaba tras mi espalda y la sensación de ser yo más libre que aquellos perros y aquella tela. Pero, ay la vida, cuando la pendiente fue ascendente sentí el hastío de mis riñones y la falta de fuelle en mis piernas. Del todo a la nada hay muy poco, tan poco como del descenso al ascenso. Era un trasto grande y pesado, ya lo he dicho, y yo también lo era. Yo era un cacharro oxidado subido a otro cacharro oxidado. Reflexionaba sobre estas simetrías y fusiones con el pie izquierdo en el asfalto y el derecho colgando de la barra de la bicicleta, parada frente a la cuesta en mitad de la carretera. Ningún luminoso ordenaba STOP. Bloqueada por desconocimiento interno, podría haber alegado. Miré hacia aquel cielo sin nubes, sin pájaros que se atrevieran a cruzarlo. Hacia dónde voy, me pregunto. Qué hago en esta carretera que parece dirigirse hacia un horno. Dejarme llevar y fluir se complicaba cuando tocaba pedalear cuesta arriba. En un alarde de filosofía urbana quise reflexionar sobre las vicisitudes de mi vida en las últimas semanas y esa inclinación y ese calor y esa incapacidad física de afrontar un reto llamado esfuerzo físico y mental. En mitad de mis divagaciones churruscadas sonó el pitido de una moto que me adelantó. Su conductor me gritó algo enfurecido y apenas me dio tiempo a verlo cuando otro bocinazo me atacó por la espalda con furia. Giré la cabeza y vi un camión que venía hacia mí conducido por un hombre de brazo extendido sobre el volante, que en lugar de ser el timón del vehículo se había convertido en un trombón. Me adelantó, faltó poco para que me rebanara y apenas tuve tiempo de gritar Salvaje cuando escuché una sirena. Dudé si mis tiempos de reacción eran muy limitados o es que acaso la carretera se había llenado de prisas y enfados. Un coche de policía se detuvo junto a mí. El agente se asomó por la ventanilla: Apártese de la vía o circule. Pero yo estaba bloqueada por mis pensamientos reflexivos de hacia dónde voy y quién soy. La introspección está claro que le ataca a una en cualquier momento y lugar, lleves como lleves los pelos y te hayas duchado o no. En ese momento yo sólo quería saber si merecía la pena pedalear hacia arriba o si, al contrario, era más sensato regresar a la casa de Fátima, al barullo de su equipo de hijos y al empaquetado de uvas. Mis retos en la civilización eran múltiples. Debería hacerme con una cartera en la que comenzar a meter monedas y billetes y documentos de los que carecía. Debería extraer de algún banco el importe del alquiler de la casa de mi abuelo, si es que el inquilino lo seguía ingresando. Debería valorar si buscar el teléfono de la editorial y falsear mi voz como si fuera la de un familiar lejano y explicarles que la muchacha, yo, sufre algún tipo de amnesia y que se olviden de ella durante una temporada; o si por el contrario era más inteligente contarles la verdad, ya que dicen que siempre es mejor decir la verdad. Pero claro, qué es la verdad, comenzaba a pensar cuando el policía repitió su frase en un tono más rotundo y más autoritario, como si en vez de dirigirse a una adulta fuera un padre riñendo a una niña de tres años a la que quiere inculcar respeto, autoridad y disciplina: Apártese de la vía o circule. Bloqueada por desconocimiento interno, podría haber alegado.

¿Por qué el mundo es tan complejo?, murmuré, sin querer, en alto. Es una tarada, escuché decir dentro del coche. Entonces atisbé en el asiento del copiloto a un compañero policía que bebía una lata de refresco. Se permitió eructar como respuesta a mi escudriñamiento atónito por ese nada acertado adjetivo. Debí de apretar tanto la boca como los puños y la frente, debí de arrugar tanto mi expresión de enfado que el poli conductor abandonó su paternalismo estricto y me preguntó si necesitaba algo. Su conversión no era creíble y eso me enfadó aún más, así que tensé el abdomen hasta notar los músculos y los órganos bien contraídos, o lo que es lo mismo, mi cuerpo se preparó para un ataque violento. Otros lo sentirán en una vena que les cruza la frente o en un ardor repentino en las mejillas. Mi carga genética me ha hecho así. Cuando el vientre se arruga como una bayeta retorcida y las vísceras se quedan sin espacio, ahí no hay vuelta atrás: voy al ataque. Agarré a dos manos el cuello del nuevo poli bueno sin bajarme de la bici, abalanzada sobre su garganta y atenazada a él como una pinza eléctrica. Su sorpresa se retrató en un hilo de voz menguante, aflautado, ridículo, y en una incapacidad para mover los brazos, libres como estaban pero perplejos e inútiles ante el asombro de mi reacción, en una postura poco natural a medio camino entre el escudo y la disculpa, un armatoste, un caballero neutralizado vestido de uniforme. Sin embargo mi sensación de victoria fue breve, apenas pude festejar su sudor. Las revanchas siempre terminan en frustración. Los ojos se me abrieron como túneles al ver al copiloto dirigir su mano al cinto, para apuntarme a continuación al entrecejo con una pistola. Tenía las ganas de mal dibujadas en su sonrisa: Suéltalo, tarada. Mi asombro era grande, por supuesto, pero ese adjetivo de nuevo no estaba bien empleado. Ese Tarada escupido con asco y desprecio desde sus labios resecos me encolerizó aún más, por lo que apliqué otra vuelta al pescuezo sostenido. De ser un trapo húmedo lo hubiera dejado seco.

XIX

El calabozo no es un mal lugar. Silencio y tranquilidad. Un espacio para descansar y reflexionar. Qué fortuna, pensé, la de haber recalado aquí en un momento en el que el mundo, ¿o era yo?, parecía alocarse en exceso. Sin embargo, el intenso dolor que martilleaba mi sien no me permitía gozar de la isla de paz que me ofrecía la reclusión. Supongo que debía agradecer que el impacto hubiera sido del culatazo y no de una bala. Supongo. Mi mano derecha no se despegaba de la cabeza, convertida en red, no fuera que el chichón estallara finalmente y trozos de sesos ensuciaran aquel entorno tan aséptico. Además, la mujer que me acompañaba parecía muy disgustada. Tampoco era plan de importunarla más. En fin, con sus llantos y los latidos de dolor en mi azotea no lograba dormir, que era lo que más deseaba después de la noche bajo la litera del niño noria. Y ya que estábamos aquella mujer y yo a solas y que ella parecía estar pasando un mal rato qué menos que decir Ei, ¿qué te ocurre? ¿Te puedo ayudar? De ser escritora esta escapada mía me habría regalado infinidad de personajes jugosos y de anécdotas increíbles, tal vez demasiado increíbles para ser creíbles. A mi pregunta alzó la cabeza, apartó el pelo de la cara y me mostró sus ojos hinchados y enrojecidos y acuosos. Unos ojos de anfibio en crisis. Y en su intenso desgaste de lágrimas había aún un brillo diferente a la tristeza, un palpitar humano, y entiendan por humano puro, porque no se puede ser de los malos cuando se llora así. Alguien arrepentido hasta el punto de secar el lacrimal aún tiene corazón, seguro. El malo finge su pesar. Me miró a través de aquella catarata y en su voz tembló una frase tremenda: No recuerdo nada. ¿Y qué podía aportar yo ante semejante pérdida? Silencio. Trató de gritar y su enfado volvió a diluirse en aquel llanto voraz como una tenia. Por su cabeza adelantada y las manos en alto sentí que ansiaba una cuerda que la salvara. Me estaba pidiendo socorro. Quien pierde la memoria va a ciegas y la ayuda puede resultar torticera porque al guiar al amnésico corres el riesgo de convencerlo de un dato erróneo. No me tengo por gran oyente ni por gran conversadora. Me tengo por evasora profesional. Mi manera de calmar al angustiado siempre ha consistido en pasar a la acción: Juguemos unos dados, veamos una película, a ver quién bebe más chupitos. Así aparto a manotazos las penas, pero en la celda qué salto podría proponer. Le dije: ¿Quieres tocarme el chichón? Y me levanté y avancé hacia ella inclinada como un cabestro con mi cuerno por delante. Cuando llegué a la altura de su pecho la animé: Toca, toca. Ya verás qué caliente está. Y la mujer rompió su ensimismamiento y me tocó el abollón. Señor, pero quién te ha hecho esa barbaridad. Bingo. De nuevo lo había logrado, distraída y devuelta al presente. Mi estrategia de dispersión era tan efectiva que debería escribir un libro de autoayuda o apuntarme a un concurso de la tele de supervivencia. Estaba llena de recursos. Orgullosa, me senté a su lado y le conté mi ataque de furia contra la autoridad. Su rostro se fue relajando hasta el punto de que sus labios modificaron la tendencia descendente y fueron inclinándose hasta sonreír. ¿En serio hiciste eso? Sí, y luego tampoco yo me acuerdo de nada, le dije. Ahí apliqué otra de mis técnicas: asimilación del drama. La verdad es que mi fundido a negro fue de apenas unos minutos y no creo que haya borrado de mi mente nada trascendental. Supongo. Tras el golpe caí desmayada pero al poco ya noté cómo los polis me levantaban, me arrastraban y me introducían en el coche. Recuerdo perfectamente que viajé esposada y sin cinturón, porque no lo había, en el asiento de atrás. Que este era de plástico, duro e incómodo hasta sentir que mis posaderas no eran aptas para posarse. Recuerdo que no me llevaron al médico sino directamente a la comisaría. Recuerdo que al carecer de documentación me encerraron a la espera de identificarme. Así lo dijeron: Hasta que sepamos quién eres realmente. Y el poli casi ahogado me apuntó con su índice y en su desconfianza y en ese *realmente* sentí un aire de misterio alrededor de mi persona. Me gustó el juego. Tenía un punto seductor la posibilidad de gastarme otra identidad. Busca, guapo, y le lancé un beso en un soplido largo. Se alejó bufando su enfado y me quedé reflexionando sobre la extrañeza de que fueran unos números y unas letras los que dieran fiabilidad a un cuerpo, que mi relato por sí solo no lograra el sello de la verdad. Eso y lo de mi torrente de recuerdos no se lo conté a mi compañera de celda.

¿Puedo? Preguntó, asentí y extendió su mano de nuevo hacia el chichón. Su frío me calmó el dolor en parte. Lo mío no es tan divertido, confesó, y mirando al frente relató lo que recordaba. Que tras el despido se dirigió a su casa, abrió el mueble bar y fue bebiendo las botellitas de licor que le había regalado la empresa en las cestas de Navidad y que había ido acumulando por desinterés y por cierto fetichismo. Esos líquidos ámbar, verdosos o tostados encerrados en miniaturas de cristal le parecían pócimas mágicas que mirar al trasluz. También las guardaba por si alguna visita quería tomar una copa tras la cena. Visitas no tuvo muchas, por lo que las botellitas de una vida de relación laboral aguardaban prácticamente íntegras, además de ordenadas cromáticamente. Había llegado el momento de comprobar si poseían ese elemento mágico que parecían guardar. Le sorprendió su velocidad de ingesta y su resistencia etílica, a su edad. Le asombró que fuera capaz de reconducir sus pasos hasta la oficina y que nadie la frenara en su camino hacia la puerta del jefe. Lo que sucedió después del portazo forma parte de la elucubración. No lo recordaba. Pero era el motivo por el que estaba allí junto a mí. Privada de libertad. Encerrada. Retenida. En vigilancia.

He acudido aseada y dispuesta cada día, apenas he enfermado y nunca me he enfrentado a ningún compañero, y a escasos años de jubilarme me echan. Mi enfado era del tamaño de un tornado, un ardor volcánico que desconocía en mí, una insurgencia celular capaz de estallar los poros de mi piel. Pero lo que me contaron que hice es demasiado grave y soy incapaz de recordar nada, ni un ápice, para contrarrestar esa vergüenza de la que me acusan. De ser cierto, me dijo, es lógico que nunca más me permitan convivir en sociedad. ¿Qué hiciste? Y ahí cerró su relato como un grifo. No goteó ni una palabra más. Dime, ¿qué hiciste?

Y así me dejó, sedienta por conocer el crimen, y entendí que la señora me había regalado una lección de cómo dosificar una historia y que su audiencia se sintiera con la necesidad del famélico por conocer el desenlace. O al menos así me sentía yo. Se había presentado como una trabajadora responsable y bien vestida, y aseada, sobre la que había caído la injusticia del despido cuando ya rozaba el retiro más que merecido. Sus mechas estaban al día, su dentadura cuidada, sus uñas limadas y esmaltadas. Demonios. Me tenía de su parte, ya confiaba a ciegas tanto en su bondad como en su eficiencia laboral, en su sumisión social, en su compromiso con la responsabilidad. Sí señor, para mí era la trabajadora del lustro la señora de la celda, sus brebajes sólo podían otorgarle poderes benévolos. Aquel viraje hacia una revancha tan sucia como para ser indecible me turbaba más que un día de viento y lluvia. Me hubiera arrodillado, le habría agitado por los hombros, le habría forzado a expulsar lo que ella sabía y yo no, le habría llevado hasta la convulsión. Gran lección de narrativa, señora de la celda. Su boca estaba más prieta que un zurcido quirúrgico. De ahí no iba a salir ni oxígeno. Ni entrar. En su amoratamiento temí que ante mí se estuviera suicidando por hipoxia. Iba a reventar por alguna parte y yo estaba demasiado cerca. Regresé a mi banco y desde allí le grité Respira, respira que te ahogas. Qué más podía hacer. Si alguien decide dejar de respirar, cómo le puedes ayudar. ¿Insuflándole aire como a un globo? ¿Aplicándole un boca a boca contra su voluntad? Es complicado detener la violencia de alguien contra sí mismo. Quizá sea la mayor libertad que poseemos: la de autolesionarnos, la de flagelarnos, la de culparnos. Así que, en un último intento, grité con fuerza: Respira. Y alargué la *a* final hasta que apareció un agente de ojos somnolientos, con las arrugas de la manga en la cara, con el redondel de la presión de un botón en su frente. Abrió la puerta con la torpeza del recién despertado y logró sostenerla por la espalda justo cuando ella comenzaba a desmayarse, no sé si de forma natural o fingida, un desplome a mi vista embellecido por el uniforme policial y el gesto adormecido del agente, incluso estético por la figura de doncella debilitada, en apariencia inconsciente. En esa apariencia escultórica, en ese lapso de drama, ella titubeó unas palabras lisiadas. No la entiendo, confesó el hombre, y miró hacia mí con cara de extrañeza. ¿Qué ha dicho? Está rota, respondí en alto como accionada por un prestidigitador, por eso sus palabras no tienen significado. Así me salió. Tan poco tiempo encerrada y ya había calado en mí la filosofía del preso. El agente me observó serio y reflexivo, en silencio, diría que trataba de asimilar mi diagnóstico, pero tras su análisis interno concluyó: o el golpe te ha chiflado o ya venías estropeada de fábrica. Luego negó con la cabeza, y suspiró antes de un resoplido mayor, que acompañó a la tensión de lumbares necesaria para elevar el cuerpo abandonado de la señora. Se la llevó en brazos de la celda. Llama a una ambulancia, imploró, y de fondo ronroneaban aquellos sonidos inconexos, como deglutidos, de la mujer.

Me arrepentí de no haberle deseado suerte o ánimo o justicia. Mis palabras también fallaron y fui consciente de la falta de sintonía que sucede habitualmente entre lo que pienso y lo que verbalizo. Ocurre como si fueran a velocidades diferentes, que la frase suele asomar con retardo y, por lo tanto, queda sin ser emitida. Sólo mi cerebro la escucha. Entonces para qué sirve. Pues tal vez si lo anoto sirva para algo, para una contestación futura quizá, me dije. Si las reunía en un cuaderno y las repasaba de noche hasta memorizarlas, así, a la hora de responder con gancho, gracia e inteligencia, acudiría a mi chuleta mental de frases. En ese preciso momento pensé Empecemos ahora mismo, y me levanté para pedir bolígrafo y papel. Pero.

XX

O el mecanismo falló o aquella institución estaba desfasada en medidas de seguridad. La puerta estaba abierta y la atención de los guardias se centraba en la señora. La puerta estaba abierta y al fondo la puerta de la calle también estaba abierta. Abierto el pasillo para correr, abierto el camino para huir, abierto el día con una luz que entraba a través de las puertas abiertas hasta mis ojos abiertos. Parecían las jornadas de puertas abiertas, pero, ay, en aquella celda habitaba un ser con grandes ambiciones. Si la pista libre era una trampa el ratón no erraría. No, amigos. La ratona no contaba con escapar, bajo aquel techo le darían queso, pan y calma. La presa urdía otros planes. Planes por ejemplo como elaborar un diario de frases retardadas, una especie de cuaderno mágico.

Rehusé cualquier carrera con riesgo de abatimiento. Entre otras razones, aún desconocía las conclusiones sobre mi identidad y aquella investigación me interesaba y mucho. Darían con la escritora, con la nieta de, con la casera, con la huérfana, con la impostora, con la fugada del hospital, con la topógrafa, con la usuaria de biblioteca. ¿Quién de todas aquellas personas era yo? ¿Estaba más cerca de las uvas del día anterior o de los planos de mi juventud? ¿Darían con Emma y con Manuel? ¿Quién podría explicarles quién era yo y de quién se fiarían? ¿Darían con Compay? ¿Me denunciarían por abandono animal? ¿Me acusarían de sus antecedentes asesinos? Las preguntas eran tantas que merecían un encierro voluntario, una meditación profunda, una desconexión a la espera de que los cables reconectaran el circuito. No debía salir ahí fuera desconociendo tanto sobre mí misma.

Me levanté. La forja de la puerta era sólida, fuerte, potente. Hierros para aislar. El estruendo del pestillo fue un viaje al medievo. Cancela inquebrantable. Me azotó un pensamiento como un latigazo placentero: busco encerrarme. Ya sentada solicité ayuda. Necesito papel y bolígrafo, por favor.

SEGUNDA PARTE

CUADERNO MÁGICO

I

Aquella vez que circulaba en bicicleta y desde un coche un hombre sacó una mano como un trapo y me sobó el culo hasta hacerme caer debía haber memorizado su matrícula y buscarla en los registros. Podría haber dado con su propietario, espiarle cuando cada mañana se subía al coche para ir a trabajar o para ir a delinquir. Me hubiera gustado esperarle en el sótano con un hierro candente y sellarle en su trasero la marca de los cerdos. A fuego.

Aquella vez que caminaba por los extrarradios copados de maleza y cemento roto debía haber escupido al viejo que apareció tras la ruina y su musgo. A su onanismo enclenque debería haberle dedicado el mayor de los esputos, cargando desde mi esófago una bola de virus que terminara de infectar su alma.

Aquella tarde que nos reunieron a todos los trabajadores en una sala luminosa y alrededor de una mesa ovalada de madera noble para anunciarnos la imposibilidad de seguir ingresando nuestras nóminas, aquella tarde a la hora del café cuando se aprovecharon de la somnolencia que provoca la comida en el estómago de los trabajadores que madrugan, en aquel preciso momento debía haber callado mis protestas vanas y elaborado en silencio una frase contundente. A la directora de la empresa que nunca antes había mostrado su cuerpo y su bolso de piel en la oficina en la que tendríamos que seguir fichando a pesar de no cobrar, a ella le tendríamos que haber dado una lección. De haber pensado con frialdad en lo que nos estaba ofreciendo, soborno y humillación, habría levantado la voz por encima de la de mis compañeros en un tono firme y contundente: Tu chantaje será tu tumba. Y habría mantenido mi mirada más penetrante sobre sus ojos de rímel pastoso.

Al padre de aquel noviete de adolescencia bien tendría que haberle explicado dos o tres conceptos sobre la evolución humana cuando, tras toparse con nosotros en una esquina del barrio, le comentó a su hijo que yo era poco para él. Uno, que incluso las feas tenemos oídos. Dos, que incluso las feas somos atractivas. Tres, que incluso las feas somos las más atractivas porque cuando logramos que se enamoren de nosotras el misterio es tal que el sujeto queda imantado sin sentido. Y un cuarto habría sido ya definitivo: Dame diez minutos y serás incapaz de olvidarme.

A aquel compañero de carrera que salía de tomar un café de media mañana y que me saludó hinchando el pecho y alzando la barbilla, que a mi cortés Qué tal respondió con un monólogo acompañado de una inquietante insistencia por atusarse su corbata naranja como si en vez de una tela fuera el brazo de su amada, cuando aquel intento de hombre en traje y gomina me señaló la ventana más alta del palacio del gobierno a modo de metáfora de su ascenso profesional mientras yo sostenía en mi hombro varias barras metálicas y el casco se me caía sobre la frente, tendría que haberle sonreído de medio lado mientras le daba un par de cachetitos en los mofletes con los que viajara directamente al crío que seguía siendo. Tras su desconcierto debería haberle dicho: Pues ten cuidado no te caigas de tan arriba que estás. El golpe puede ser mortal.

A aquella monja que me obligó a sentarme en la silla de la esquina del fondo y sentenció frente al resto de niñas de la clase que yo no era más que otra del batallón de las torpes, a aquel fantasma consumido por su maldad y raquítico de ovarios, a aquella sombra del diablo con cofia tendría que haberle estampado la pelota en la cara cuando ensayábamos los remates de vóley en las clases de Educación Física que ella pretendía dirigir. Con la fuerza de mi odio habría logrado que el silbato se clavara contra su garganta.

Tantas cosas pude haber hecho y no hice que pensar en lo que pudo ser y no fue es como diseñarme una identidad falsa. Y eso, supongo, para nada sirve. Aun así, esto es un cuaderno mágico y voy a tratar de invocar al pasado. Tal vez suceda. Quién sabe.

II

Cuando mis padres desaparecieron del mundo entre la chatarra del coche a mí me trasladaron a un centro de menores en el que cada una convivíamos con algo terrible a lo que ansiábamos dar esquinazo. Ni quería hablar de lo mío ni que las otras me hablaran de lo suyo. Estaba claro. Obviar la tristeza para vivir. De acogerme mi abuelo habría crecido menguada por la pena. Enseguida fui consciente de que en el pabellón de huérfanas latía más esperanza que en el salón de retratos y velas. Éramos lo más parecido a un pueblo sólo habitado por niñas. Simplemente volcadas en el juego, en descubrir qué hay al otro lado del muro, en saltar en los charcos para comprobar hasta dónde alcanza el agua salpicada. Los niños se ensimisman en vivir. Lanzar piedras lo más lejos posible, hacer montañas de hojas, seccionar lombrices, pintarse los brazos de barro, esconderse tras las cortinas, saturar los retretes de papel, correr hasta incendiar el corazón.

Sólo sobraban ellas.

Por la mañana aparecían como ánimas blandiendo campanillas doradas. Sonaban metálicas y frías, sonaban hirientes y chirriantes. Incesantes. Reiterativas. Insistentes. Eran las campanillas-taladro que aún hoy me despiertan en forma de pesadilla. Porque hay pesadillas sonoras. Sin imagen. Un grito que destroza la placidez del sueño y que hiere más que la peor de las imágenes. Así era nuestro despertar. Agitado y violento. Nos predisponía a estar en guardia el resto del día. En guardia, en tensión. ¿Qué pretende quien impone en los demás el temor?

Y luego nos obligaban a rezar. Rezábamos porque teníamos que rezar y rezar era sólo un enjambre de palabras que soltábamos al aire. El suelo de baldosas acumulaba todo el frío nocturno en aquel edificio de techos altos y ventanales de madera. Sobre él debíamos ofrecer plegaria. Y nuestros camisones eran cortos y por más que los estiraras no alcanzaban a cubrir las rodillas, por lo que la piel, como los oídos, también despertaba con brusquedad. Ni salvación, ni espiritualidad, ni consuelo, ni amor, ni remanso de paz. Rezábamos porque no hacerlo supondría permanecer en ayunas. Rezábamos porque cuanto antes solventáramos el trámite antes podríamos vestirnos. Rezábamos por obligación. Rezábamos como quien se pone los calcetines.

En el despacho de dirección, aun con mi abuelo custodiando mi orfandad, la superiora nos había invitado a orar con ella por el alma de mis padres. Fue el día de mi ingreso. La maleta a los pies de la silla. Mi pérdida absoluta de orientación y rumbo encajada en un asiento de madera recia. Asida a un rosario la mujer inició un farfullo que mi abuelo acompañó. La habitación olía a ropa vieja. Al finalizar posó su mano blanca y sin sol sobre mi coronilla: Te enseñaremos a dialogar con ellos, cada mañana rezarás por sus almas. Cómo puede ser alguien tan osado. Dialogar con ellos, me dijo cuando aún veía a los enterradores extendiendo con sus paletas el cemento sobre los féretros. Hay que ser muy ruin para decirle a una niña semejante mentira, hay que ser muy desalmado para prometer tal engaño. Desalmado. Desalmada. Quizá era eso. Rezaban por las almas de las que ellas carecían. Eso debía haberle dicho. Y al cura que en el funeral sentenció que mis padres disfrutarían de una vida mejor al entrar en el reino de los cielos, a él debería haberle restregado mi desconsuelo en su sotana.

Lo que sucedió, lo que lograron con su empeño, es sin duda macabro. Invocar a mis padres me provocaba tanto temor que evitaba recordarlos cualquiera que fuera la vía de comunicación. Ni fotos, ni objetos, ni palabras. Si se mantenían al margen de mi mente, comprobado: yo me sentía más ligera. Obvié nuestra existencia en común. Su muerte era un hecho incontestable. ¿Para qué removerlo? Así me he pasado toda la vida, siendo una *sinpadres*. Tanto que podría decirse que murieron dos veces. Y como no tengo nada que decir sobre ellos más allá de la nada y el olvido, no diré nada. Dijo el filósofo: Siendo nada soy todo. Sea.

III

Mi abuelo me dio un beso enlagrimado y arrastró sus zapatos negros sin brillo por el pasillo. Las manos en los bolsos anchos de los pantalones de pana, los hombros bajos, hundidos, y la nuca inclinada. Su cuello debió de soportar en aquel instante toda la gravedad del planeta, hubo de cargar su presión contra él, intensa y constante, hasta que engullido por la luz desapareció de mi vista como un fantasma. Adiós abuelo, susurré no tan bajo como pretendía. Fue independiente mi boca al verbalizar en alto Adiós abuelo. Podría habérmelo guardado, pero cuando eres niña no sabes esconder las palabras. Hubo un tiempo en que desconocía que pensar y hablar pueden ser dos caminos distintos a través del cuerpo. Entonces no lo había descubierto aún y lo dije en alto. Adiós abuelo. Pero aquella mujer siempre estaba inclinada y no tuvo que exprimir mucho su oído para escucharme y responder: Hombres. Son todos unos irresponsables. Y tiró de mi brazo en la dirección contraria a la salida. Su dardo tardó un tiempo en herirme. Permaneció clavado, colgado de mí como un alfiler tan fino que casi pasaba inadvertido, y ya se sabe que lo sigiloso es lo más dañino. Cuando hizo diana me impregnó de bilis.

IV

El jardinero podaba una mañana la rosaleda mientras nosotras jugábamos a adivinar cuántas piedras escondíamos en los puños. Desde nuestro corrillo escuchábamos el chasquido de los tallos al ser cortados. Un sesgo ininterrumpido que acompañaba nuestro, en apariencia, inocente entretenimiento. Éramos cuatro niñas sentadas sobre la hierba. Osadas y kamikazes, algunas hormigas trepaban por nuestras piernas desnudas y serpenteaban entre el vello incipiente. Recuerdo aguantar su cosquilleo y su avance hasta el inicio de la falda con una mezcla de gusto y temor. Eso sucedía en mi interior. Por fuera el juego consistía en que quien adivinaba el número de piedras lograba un beneficio: ordenar una acción a una de las otras tres. La exigencia fue en aumento: saltar hasta el portón a la pata coja y con los ojos cerrados. Comerte un moco de otra. Aguantar un minuto con las bragas a la vista. Eructar las vocales. Gritar que el bigote de la superiora pinchaba. Pedirle al jardinero un beso.

Ésa me tocó a mí. Vas al jardinero y le pides un beso. Podíamos no cumplir con la orden. Podíamos cambiar de juego. Podía haberme ido corriendo. Nadie me obligaba, no había amenaza alguna, pero entonces la lealtad poseía una fuerza inmensa. Los lazos a esa edad son ilógicos. Quién piensa a esa edad.

El jardinero estaba arrodillado sobre la tierra. Podaba la base de las plantas y escardaba las malas hierbas envuelto en unos guantes ennegrecidos, abultados. Me ensucié de barro al posar mi mano sobre la tela recia de su mono de trabajo. Sólo quería avisarle de mi presencia. Deberías llevar visera, improvisé al ver cómo de su escaso pelo goteaba y le bullía el sudor en su calva. Apoyó sus brazos cruzados sobre la pierna y me observó extrañado mientras resoplaba su cansancio. Luego me sonrió con cierta timidez y alzando las cejas, como si reconociera su agotamiento ante mí. En su expresión intuí bondad. Giré la cabeza hacia mis amigas. Permanecían pegadas unas a otras tapando sus risas a dos manos. Cuando regresé mi mirada hacia él vi cómo retiraba uno de sus guantes y dirigía la mano hacia mi rodilla. Tienes una araña. Quieta. La retiró con sus dedos pulgar e índice. Dedos tan inesperadamente finos. Uñas inesperadamente limpias y recortadas. Pellizcó el insecto y lo lanzó a la pila de ramas podadas. A continuación se retiró el otro guante, asió con las dos manos mis piernas y se acercó con suavidad. Su aliento fue un viento cálido. Palpó la parte interior de mi rodilla. Sentí la picazón. Me dijo Mira. Me agaché y él me ayudó a flexionarme hasta el lugar en el que un granito comenzaba incandescente su vida. Te han picado, dijo despreocupado, y repasó el prurito con la yema. Raspó varias veces el bulto con gesto concentrado. Sentí un aleteo similar al de las hormigas. Al fin concluyó: Ha debido de ser una araña, y alzó su vista hacia mí. Permanecí agachada. Tan cerca su cuerpo, tan nerviosa mi sangre. De reojo atisbé que la sonrisa de mis amigas se había esfumado, que sus cuerpos apretados contenían tensión, que sus miradas se escapaban hacia las ventanas de la residencia. Que el inocente juego, que la inocencia, terminaban allí.

Deseé hacerlo. Deseé ganar. Me aproximé aún más. Le susurré la premisa, pero fui yo quién besé su desconcierto.

V

Roci se fue cuando nos habíamos aprendido entera aquella canción extranjera y la cantábamos juntas en la parte trasera del gimnasio, donde los contenedores, con la gatina merodeando y acompañando nuestro canturreo con sus maullidos y ronroneos. Roci se fue cuando nos habíamos intercambiado las camisetas interiores y vestíamos los calcetines alternados. Rojo y azul, uno mío y otro suyo. Roci se fue cuando me había regalado una cadeneta que era de su abuela y yo le había regalado un anillo que era de mi madre. Roci se fue cuando la melena ya nos alcanzaba la mitad de la espalda. Roci se fue tras el verano en el que logramos aguantar casi un minuto sumergidas en la poza. Roci se fue cuando a ella le había llegado la regla a mí no. Roci se fue cuando la gata parió las siete crías y yo sola vi cómo una de las monjas las metía en un saco y vi sola cómo esa monja lo cerró con una cuerda roja y vi sola, sin Roci, sin nadie, cómo esa monja los lanzó lejos, donde la poza del río en la que Roci y yo aguantábamos aquel verano casi un minuto agarradas de las manos, inmersas con los mofletes hinchados y los ojos abiertos a punto de explotar, con las risas y la respiración contenidas. Cuando el saco chocó contra el agua los pájaros silenciaron su trino. La monja se giró sin sentir cómo el bosque enmudeció de vergüenza. No se enteró de que yo la vigilaba. Roci se fue cuando un familiar la reclamó con los suficientes papeles y dinero como para sacarla de nuestra litera compartida. Cuando Roci se fue no me quedó otra que escribir cartas a diario que al final de una quincena le enviaba como testigo de mi vida sin ella.

En la biblioteca, a la hora del estudio, con el libro de texto al lado, gastaba las hojas del cuaderno. A ratos me forzaba a detener mi derroche de tinta y simulaba un gesto de concentración o subrayaba con fosforito amarillo la lección que debía estudiar. Lo escrito lo ocultaba con el brazo y la cabeza mientras apretaba ensimismada el bolígrafo contra el papel. Cuando terminé las hojas farfullé en secretaría que alguien me debía de haber robado el cuaderno porque no lo encontraba. Tuve que poner dinero de mis ahorros para que me entregaran uno nuevo. No me creyeron, pero daba igual, era recíproco. Yo tampoco me fiaba de ellas y me las ingeniaba para entregar el sobre en mano al cartero. Lo alcanzaba en la portilla y él lo metía en su bandolera, sin preguntas ni sospechas, sin más. Del recelo de ellas al pasotismo de él. Con su actitud restaba riesgo a mi artimaña y en más de una ocasión le susurré la excusa ideada para aquella entrega a destiempo. Ni un Otra vez tarde o un Me vas a meter en un lío. Nada, el hombre abría la cancela y me dejaba atrás con mis intrigas. Lo que para mí era una hoguera en las manos para él era vaho. Pero en fin, me resignaba. Lo crucial era que nadie más leyera mis confesiones. Entonces creía que lo escrito era una historia exclusiva entre Roci y yo. Ahora sé que me equivocaba, o, más bien, que me engañaba. Da igual la forma: novela, cuento, teatro, ensayo, diario, carta. Da igual. Ahora sé que el remitente es el destinatario. Siempre.

VI

A Roci le conté que la regla no me dolía como a ella, pero que me entristecía su rojez oscura y sobre todo que me incomodaba aquel olor extraño, como de bicho muerto, un hedor pegado a mí todo el día, inmune a la higiene. Olor. Le confesé que ojalá, al menos, mi crecimiento parara, que ya había superado a ésta y a la otra, que mis pies ya sobresalían del colchón y que no me acostumbraba a dormir hecha un ovillo. Que no me ofrecían otra cama, ni otro camisón. Que ningún chico querría salir conmigo. Con esta altura, recuerdo haberle escrito, quién querrá posar su brazo sobre mis hombros, quién querrá acompañarme al cine. Le transcribí una letra que me había inventado para cuando formáramos nuestro grupo. Decía algo así: *El cielo aquí es una losa fría / Agárrate fuerte / Vámonos tú y yo, amiga, al infierno / Huyamos sin miedo de esta cárcel de hielo.* Recuerdo que con el diccionario al lado se la traduje, porque ella insistía en que las palabras en otras lenguas sonaban mejor. *Love. Inferno. Frois.* Intento tararearla ahora en esos otros idiomas pero no soy capaz. Puede que lo que en un primer momento sorprende luego se olvida. Disfrazar el lenguaje, pienso ahora, es como disfrazar a un elefante para su función circense. Eso es. Con su pañoleta de un rojo carmesí y el pico que le cubre la frente y los hilos dorados que cuelgan sobre sus pequeños ojos y esa manta con abalorios y pedrería turquesa, tan brillante, tan exótica, tan estética, que envuelve su cuerpazo. Pero si la bestia encuentra la salida de la carpa correrá con sus pisadas rotundas y tras su sonoro barritar lanzará lejos, muy lejos, todo atuendo innecesario para reivindicarse como lo que es: ni más ni menos que un elefante. Un elefante. Eso es. Intentaré que lo que escriba ahora sea como un elefante desnudo. Con sus arrugas y pliegues, con su pesadez, con su furia y su calma, con su huella clara. Huella de elefante. Ni pantera, ni urraca, ni puma. Palabras como huellas desnudas. Sin suelas de caucho o goma. Sólo así lograré entender algo. Pisada a pisada. Con el pie desnudo. Huella a huella. Las de Roci, debo mencionarlo, eran cartas pueriles, vanas misivas contra el olvido, y en ellas prevalecía toda la ñoñería de la nostalgia. Por eso le confesé que me gustaba el cosquilleo de su cadeneta alrededor de mi muñeca. Que su tintineo sonaba como cuando cuchicheábamos de cama a cama.

Pueriles pero profundas. Las tres pes. Qué cosas. Había olvidado la profundidad con la que me inspeccionaba en aquellas cartas. A paladas.

Lo último que le conté fue que había llegado una chica nueva inundada de vergüenza y que me esforcé por ser amable. No le conté que vi en ella una oportunidad de moldearla a mi gusto, que supongo que es lo que pretendemos de la gente cuando no estamos muy seguros de nosotros mismos. Sí le conté que me ofrecí a acompañarla en el comedor, a ayudarla con los deberes, que le presenté a las otras, que le advertí de las manías de cada una de las monjas, de la obligación de llamar siempre Superiora a la Superiora y de no mirarle jamás, jamás, al bigote, de no tocar a ninguno de los hombres de la residencia: ni al jardinero, ni al conserje, ni al profesor de música y mucho menos al cura. Pasada una semana, le conté a Roci, me hastió su vergüenza y su silencio y casi sin darme cuenta, un día, le puse una zancadilla en el gimnasio. Esa misma noche le propiné un puñetazo a su colchón, su colchón encima del mío, donde dormía ella antes, donde dormías tú, Roci. Le conté. Que el puñetazo impactó en sus riñones. Que ya no soportaba su encierro en sí misma ni su roncar sobre mi cabeza donde antes dormía ella, mi amiga. Le conté que me acusó y que me castigaron a fregar sus platos y a limpiar su ropa y a hacer su cama a diario. Le conté que entonces ella transformó la vergüenza en otro gesto. Que comenzó a mirarme con la nariz en alto, que comenzó a cuchichear con otras mientras yo doblaba sus sábanas, que comenzó a señalarme en no pocos días desde mi castigo, cuando acompañada por la fregona me quedaba sola en el comedor. Le conté que aunque el agua estaba helada y oscura me introduje en ella y que gracias a nuestras prácticas aguanté tal vez más de un minuto hasta dar con él, que la flora subacuática rodeaba el saco de los gatos, que había burbujas de vida solapadas a la tela y que minúsculos pececillos la fagocitaban. Que no me atreví a abrirlo. Que apenas pesaba. Le conté que al llegar la noche lo saqué de mi escondite y lo deposité a su vera, junto a su sueño tranquilo. Le conté cómo amaneció aquella mañana con más frío que otras, con mis pies como témpanos, con mi cuerpo insomne ovillado. Le conté que su grito fue terrorífico para todas menos para mí.

Le conté que mi abuelo vino a recogerme y que fui yo quien cargó las maletas en el coche. Escuché que alguien decía Es una tarada.

VII

Notas para un cuaderno mágico:

No temas la pisada. No es necesario observar tu huella.

VIII

Voy bien. La excavación va bien. Ayuda que continúo sola en la celda y que no muy lejos suena una emisora musical que me hace viajar hacia dentro como sedada. Diría que como un naufragio hacia dentro. Espera. ¿Por qué he dicho eso? Como un naufragio hacia dentro, me suena de algo esto, en alguna parte lo he escuchado. Me pongo en pie y en esta celda provisional entono con teatralidad y temblor de manos extendidas hacia la luz... *El corazón pasando un túnel / oscuro, oscuro, oscuro, / como un naufragio hacia dentro…* No salgo de mi asombro. Me tiemblan las piernas. Es un verso de aquel poeta. Lo reconozco, aquel que me hacía llorar pusilánime y estúpida, pero abrazada a su libro gastado y untada de tontería alcanzaba el bienestar de los ilusos. Me siento y suspiro. Ya no me parece tan duro el asiento. Este ideario al que me atrevo a denominar cuaderno mágico está invocando algo.

Sigo, y no niego que ahora siento cierto poder chispeante, como si al frotar este bolígrafo contra el papel la tinta salpicara mi retina y sucediera el milagro de la lámpara.

La radio se mezcla con las chicharras del exterior y me acerco al ventanuco para deleitarme con el paisaje. Al fondo veo un campo cultivado con aspersores en funcionamiento. Estiro el cuello con el anhelo de escuchar su chasquido de agua. Me imagino a la carrera de uno a otro, con las piernas salpicadas de hierbas doradas. Es cierto, estoy como sedada en esta gruta por la que repto boli y papel en mano. Aun sin embarrarme, aun con luz. El cielo es de atardecer. Avanzo.

IX

Un piso con humedad puede ser la metáfora de una vida, pero a mí la literatura no me iba, no me va. Vayamos a lo práctico. El deshumidificador es un aparato inquietante. Le roba agua al aire. Agua que ni te cala ni te moja, pero que al cabo de una hora, sorprendentemente, llena un vaso de ese elemento que es el milagro de la vida. El deshumidificador es un animal carroñero. El deshumidificador ruge con lascivia. El deshumidificador se empapa, ávido, hasta secarte, hasta deshidratarte. Mi abuelo lo arrastraba de una habitación a otra como si fuera su mascota y yo, al detectar cómo se aproximaban sus ruedas chirriantes, huía de la habitación donde lo enchufara. Tú y yo no vamos a compartir espacio, vil y sucio cacharro. Me asqueaban sus rejillas polvorientas, me atemorizaba aquella luz verde parpadeante que ascendía a medida que succionaba más y más.

La lucha continuaba en los armarios, donde mi abuelo escondía cajitas con bolas de alcanfor y naftalina, y también en cada colada, colmadas del suavizante más potente del mercado. Sin embargo, por detrás del cabecero de su cama corría una mancha verdosa de moho. La limpiaba con lejía a diario pero ante la insistencia de los seres diminutos se veía en la obligación de, cada cierto tiempo, descolgar el teléfono y llamar primero al pintor del seguro de la vivienda y, después, al de la comunidad. Tras un diagnóstico idéntico recordaba en las reuniones de vecinos la urgencia sanitaria de impregnar la fachada con más capas protectoras. Debemos domar la cornisa en su cara nordeste, les imploraba. Tarde o temprano os afectará, les advertía antes de regresar a casa con su enfadado silencioso y con una tos engarzada a los pulmones como un anzuelo. Mi abuelo, de profesión minero.

X

Que nunca le vi escribiendo ya lo he dicho. Que los últimos años, cuando tosía más que respiraba, pasaba horas en su cuarto y que yo desconocía lo que hacía allí dentro, aún no lo he dicho. Me bufaba rabioso si yo asomaba la cabeza. De lo poco que logré atisbar lo recuerdo sentado y con la espalda arqueada hacia la mesa. Parecía que garabateaba. Escondía con recelo algo cuando me gritaba ¡Fuera!, y ya se sabe que lo que se oculta intriga. Cuando inspeccioné sus cajones no encontré nada susceptible de callar, o más bien nada que me pudiera interesar. Hurgar es sucio y en cuanto me topé con aquellas fotos encerradas en cajas como ataúdes abandoné mi investigación. Mi madre subida a un triciclo, mi abuela y él el día de su boda, yo desnuda de bebé en manos de mis padres, la emoción en sus ojos entornados hacia mí. Cerré el cajón con dolor. Se esfumó la curiosidad, por lo que tampoco desaté aquellas gomas rayadas de la carpeta azul de cartón con la que mi abuelo siempre salía de casa cuando iba a la biblioteca. Así que sí, que posiblemente dedicara todo aquel tiempo a escribir el manuscrito del que yo me apropié y posiblemente en aquella carpeta que yo descarté guardaba los folios que tal vez Vicente le iba leyendo y que meses después la casualidad quiso que yo los encontrara en el zapatero.

Pero continúo con la duda. Sigo sin reconocerle en el relato cruento de *Valtiche*. Hay contradicciones que no logro explicar.

Vamos a ver.

Mi abuelo era ese tipo de persona que siempre deja el lápiz afilado después de usarlo. Era de los que sacan esquejes de un geranio y los espeta hasta lograr una nueva planta, fuerte y olorosa. Era de los que se echan un par de gotitas de colonia a cada lado del cuello a diario. Era de los que se recortan las uñas una vez por semana. Era de los que visten chaleco y sombrero y limpian los zapatos con una gamuza antes de salir a la calle. Mi abuelo analizaba después de comer las cartas del banco y comprobaba en su cartilla que la pensión era la correcta y que las cuentas cuadraban. Mi abuelo acudía al mercado de los martes y se abastecía de fruta, carne y verdura para toda una semana. Era de los que sabe escoger el mejor producto. Siempre cocinaba con ajo. Nunca le vi beber una copa de vino. Nunca tiraba la comida. Se duchaba poco pero se aseaba mucho. De noche se ponía un viejo pijama granate, amplio, de algodón, con las rodilleras cedidas y emblanquecidas. Se cubría con una bata de cuadros verdes. Frente al televisor se permitía el lujo de mojar dos galletas en un vaso de leche con cacao antes de irse a dormir. Dejaba flotando la dentadura en un vaso en el baño y roncaba tan fuerte que nunca habría pensado que en su mente guardara las imágenes descritas en la novela. Mi abuelo era el tipo de viejo que no protesta, ni riñe, ni se lamenta. Mi abuelo hablaba poco. ¿Puede alguien así disparar contra otros hombres y seguir con su vida?

XI

Sólo canto en alto cuando conduzco. Entonces me descubro a mí misma. Cuando parafraseo la canción entera me sorprenden mi energía y mi alegría y me digo: Ei, ¿no te habías dado cuenta? Ésta eres tú.

Pero tras aparcar quien sale al exterior es la de antes, la que deja atrás su sombra.

XII

Y yo, ¿quién era yo por aquel entonces?

Vamos a ver.

Yo era el tipo de adolescente-adolescente que va al instituto a pie con vecinas del barrio. Caminábamos desde primera hora muy juntas y agarradas a las carpetas, concentradas en que nadie se percatara, si nos soltábamos, que éramos seres independientes. Era de ésas que pegaba en las libretas recortes de cantantes y actores a los que se les suponía atractivos. Los mismos adonis con los que mis amigas forraban sus libros. Y también incluíamos bebés de revistas tan adorables y rollizos como los que algún día tendríamos porque, era un hecho, todas seríamos dulces madres de tiernos niños. Calzábamos las mismas botas de moda y la misma chaqueta vaquera forrada con borreguito. Pasábamos el mismo frío en las piernas. Era de las que los fines de semana me agarraba del brazo de las mismas vecinas y compañeras para pasear igual de sonrosadas al encontrarnos con aquellos chicos de nuestro instituto que se suponían carismáticos, fuertes y bellos. Era de las que se sentaba a comer pipas mientras ellos jugaban al fútbol o al baloncesto y nosotras sólo cuchicheábamos entre risitas. De ellos se esperaba que fueran algo malos. Y algo maduros. Y algo inmaduros. Debían gustarme. Eso estaba claro. Tenía que ser. Así que nunca reconocí que era el desgarbado de pelo fosco y nariz ganchuda y con granos en la frente, el que llegaba siempre tarde en una bicicleta de montaña algo oxidada, el que a veces se desmayaba porque decía que no le daba tiempo a desayunar, aquel miope con alergia al polen y a quien le apasionaba la Historia, el que a mí me gustaba. Tanto me gustaba que no le miraba. Tanto me gustaba que cuando otros le empujaban yo también acompañaba al coro de imbéciles que reían la bravuconada. Habría sido una mancha en mi normalidad. De hecho ni siquiera lo reconocí en mi diario. Porque sí, era de las que escribía un diario. Sí. Fíjate que ahora lo recuerdo, un poco borroso pero por ahí anda en mi memoria. Difuso, ya que era falso. Todas escribíamos uno y colgada al cuello mostrábamos con misterio los días de escote la pequeña y endeble llave que abría el candado de nuestros diarios. A veces la mordíamos con picardía, como si quien se hiciera con ella pudiera entrar en un territorio apasionante, en un vergel sensorial. ¿Y qué era? Era una consecución detallada y administrativa de qué hacía y con quién. Ni un atisbo de cómo me sentía. Un diario que años después, cuando me independicé en el piso que había sido de mis padres, a las dos líneas leídas, tiré al contenedor. Sin pena ni nostalgia, adiós recuerdos de adolescencia. Basura. Sentí vergüenza. Era ñoña y simple, como entendía que se esperaba de mí.

No era yo.

No era yo. Tanta rotundidad en tan sólo tres palabras contiene un matiz, una grieta, un abismo. Y es que no sé si el pasado es la forma temporal correcta. Muchas dudas ennegrecen y desvirtúan la seguridad de esas tres palabras en apariencia sólidas. No era yo. Evidentes en un primer vistazo, ¿verdad? No era yo. Por eso, qué poco de fiar es una sentencia. Menos todavía cuando es propia.

Si optara por buscar la luz, me preguntaría: ¿Durante cuánto tiempo mi único fin fue sobrevivir en sociedad? No sé si sé quién soy. ¿O es que alguien lo sabe?

XIII

Entonces, dando por válido que no somos lo que mostramos, entiendo que quien escribió esa historia de éxito de *Valtiche* no tenía nada que ver con el hombre con el que compartí piso tantos años y cuya carga genética define parcialmente mis células y de algún modo sentencia mi destino. Deduzco pues que tampoco yo tengo por qué parecerme a mí en esa novela que el editor me reclama y que acepté como si me invitara a una copa más.

Éste podría ser un punto de partida. Inventármelo todo. Todo. Personajes, paisajes, tramas, desenlaces. Una imaginación total, salvaje, que vuele tan alto que no pise el suelo terrícola conocido, que sea narrada a través de una protagonista no humana cuya respiración sea lila y su latido descompasado y atronador, a la que rodeen olores y crujidos ignotos, un ente formado por huesos flácidos que deambulará por pueblos con seres enclaustrados en sus árboles kilométricos, entretenidos a solas en sus hábitos acróbatas, alimentados por pájaros.

¿Se puede? ¿Puede quien escribe inventárselo todo? Sinceramente, sólo con el párrafo anterior he agotado toda la fantasía de la que soy capaz. Me suda la frente por tratar de escapar de lo real. Y su olor también es real. Olor. Además, creo que no hay quien se lo lea. Vale, lo reconozco, me he pasado. Nadie me obliga al género hiperfantástico. Se espera de mí un retrato realista, costumbrista y tradicional, pero dudo que sirvan mis vivencias. ¿Es la mía una vida digna de novela? ¿Servirían, por ejemplo, episodios como el del saco de gatos o el recuerdo del deshumidificador? Supongo que debería enarbolarlos en un tono encantador y sugerente y que la protagonista tuviera arrojo, carácter, que se diferenciara por una gran melena pelirroja o una habilidad seductora infalible. Aunque, ahora que lo pienso, la venganza gatuna fue gloriosa. Fue un acto extraordinario, justo, creativo, reivindicativo. De hecho podría ser una escena de esas lecturas que me recomendaba Vicente y que se me enganchaban al cogote como sanguijuelas. La guerra de mi abuelo tal vez sea un motivo importante y siempre habrá alguien interesado en leerla. Mis conflictos son otros. Guerras sin armas.

¿Y él? ¿Pudo introducirse en los ojos de un compañero abatido y narrar el desplome fútil de la vida? ¿Logró acallar durante tantos años el horror? Ni una pesadilla en alto, ni un recuerdo que arrojara una lágrima. Ni una palabra. Y de repente ese manuscrito entre dos cajones con su letra decidida, con sus trazos continuados como un bordado palaciego. Con su revancha de adjetivos encarnizados. ¿Cómo mi abuelo con sus pulmones atizados de carbón consiguió reptar y respirar y sobrevivir en la noche invernal?

Algo sigue sin cuadrarme.

XIV

Si este cuaderno es un diario mágico de mi pasado, he de recordar el eclipse. Habíamos viajado a una estación de esquí extranjera el último mes del último curso del instituto, a las puertas del verano. Éramos estudiantes portentosos, con padres y madres directivos, o, en mi caso, un abuelo con una espléndida prejubilación minera a cuyos ahorros se sumaba mi pensión por orfandad. Pero aquí el dinero no era necesario. Gastos pagados. Formar parte de la expedición era un premio para quienes habíamos logrado los mejores expedientes. Todo un mérito en un centro líder en calificaciones y cuyos alumnos accedían a los estudios más exigentes de las mejores universidades. La despedida escolar debía ser ejemplar. Más que a ninguno, se nos exigía saber que el sacrificio tenía que ser continuo, que jamás podíamos dar nada por hecho. Caminar por la montaña era la vía para comprender el esfuerzo. Así nos premiaron los gerentes del centro.

Con los remontes alcanzaríamos las cimas sin sudar y adquiriríamos en pocos viajes un bronceado acorde al aire de aquella latitud. Sin embargo nuestro ascenso fue a pie y con una mochila pesada a la espalda. Nos lideraba la profesora de Educación Física, responsable de mostrar a los lumbreras de cada promoción el tesón que requería alcanzar la cumbre. Enrojecíamos. Sudábamos. En los pies nos salían llagas. Las uñas se encarnizaban. Pero ella me motivaba. Cantaba mientras resoplábamos. Nombraba las cimas. Citaba la denominación científica de las flores. Subrayaba con entusiasmo el milagro que suponía la vida en aquella cota. Sus gemelos eran tan gruesos como sus rodillas. Lo sé porque casi siempre caminaba tras ella.

Debíamos comprender la austeridad. Dormíamos en unas cabañas ubicadas por encima de los dos mil metros de altitud. Cada noche en una. Olían a madera de pino y las gotas de resina aún perlaban las paredes en las tardes más calurosas. Extendíamos esterillas y sacos de dormir sobre los camastros. Cenábamos iluminados por frontales: leche y cereales, pan de molde con embutido o sobres de sopa instantánea que calentábamos en un hornillo de gas. Recuerdo el efecto hipnótico del chasquido y su llama.

Era un sosiego apagar los frontales y salir a la oscuridad. Nos abrigábamos con plumíferos de oca ultra ligeros y observábamos las estrellas. Casi todas las noches eran despejadas. La profesora nos enseñó a usar un planisferio y nos mostró las constelaciones con un puntero láser. Mientras otros hablaban entre sí y se besaban yo le preguntaba el nombre de las estrellas más brillantes y escuchaba de su boca las leyendas escritas en el cielo nocturno.

Recogido el macuto, desayunábamos más leche y más pan. Cada mañana estudiábamos en un mapa la ruta a seguir. Éramos un grupo de diez, once con ella. Comprobábamos nuestras brújulas y partíamos. Jornada a jornada absorbimos el agotamiento. Nos enamoramos de lo sencillo.

Un día, a mitad de trayecto, anunció que nos deteníamos. En breve, dijo, tendrá lugar un eclipse, un eclipse solar que no se repetirá en nuestra latitud en décadas.

Aquel día me había despertado ligeramente mareada, una neblina me rondaba la cabeza. Sentada sobre la hierba, aguardé junto a mis compañeros la llegada de aquel teatro de sombras. Nos proporcionó las lentes adecuadas y nos explicó las razones astronómicas de lo que íbamos a presenciar. En un cuaderno garabateó un esquema. Sol. Tierra. Luna. Y nosotros, minúsculos seres, en el medio.

El espectáculo comenzó y, al mismo tiempo que la oscuridad crecía, mi ilusión languidecía. El frío de la noche repentina fue pavoroso. Temblaba y deseaba que la Tierra continuara su camino lejos de aquella sombra bestial. No sé si culpar al cosmos o al cuerpo, pero al levantarme inicié con pasos zambos un camino hacia el suelo. Eclipsada en mí misma.

Desperté pronto, me dijeron, pero con un dolor de cabeza terrible y un vómito en la boca. La profesora aguantó mi frente con su mano humedecida. De la mochila sacó agua y varios terrones de azúcar. Mientras se deshacían bajo mi lengua me tomó la tensión y observó mis pupilas. Su diagnóstico fue favorable. Me ayudó a enderezarme y apoyada en sus hombros probé los primeros pasos. Sentí mío su ímpetu.

Curiosamente, el desmayo fue un trampolín. Forjé la idea de que había vencido al universo y completé las etapas restantes con determinación. Frente al resto me elogió: Eres un ejemplo del espíritu de superación. Con ser un ejemplo para ella tenía más que suficiente.

Trazamos un anillo alrededor del macizo. Completarlo nos llevó una semana. Vimos ciervos y águilas. Y yo veía más allá.

Quise seguir el viaje.

XV

Regresé enferma de misticismo. Encerrada en la habitación clavé chinchetas en los lugares del mundo desde los que Roci me había enviado postales. Hacía años que no ojeaba aquella caja de recuerdos. En su nueva vida los viajes habían sido frecuentes y gracias a ella fui descubriendo países. Cuando me mudé a casa de mi abuelo, Roci dejó de escribirme y, para qué engañarme, lo agradecí. Era otra quien dibujaba corazones y describía paisajes, barbacoas, películas, libros y chicos fabulosos. No contaba ninguna maldad, ninguna. Dejó de interesarme pero las chinchetas eran un clavo fijo. Eran lo que yo quisiera. Podían ser memoria o podían ser un deseo. Yo también quería viajar.

Con palabras escuetas, año sabático, expresé mi decisión y con el permiso sin verbalizar de mi abuelo y la mayoría de edad cumplida me dirigí a la estación de trenes. Antes pasé por el instituto a despedirme de la heroína que me había inspirado para emprender ruta y conocer mundo. Se lo hice saber orgullosa como pocas veces en mi vida, pero su indignación fue tal que deseó que una enfermedad, un rapto o un conflicto armado me devolvieran a la cordura. Luego formó un nudo con el cuello de mi camiseta: Ni se te ocurra relacionar mi nombre con tu locura. Os hemos educado para liderar, no para vagar. El único viaje que debes emprender es el universitario. Si renuncias estás tarada. Dijo. En ese momento, cuando sus dientes salivaban a milímetros de los míos, apareció el director y a la cervatilla que semanas atrás olfateaba el viento de las montañas se le esfumó el color del rostro. Me fui corriendo.

Quién sabe qué explicación le dio y si desde entonces pesa sobre mí una leyenda o si en ese cuarto se forjó una maldición. Tal vez mientras el tren comenzaba a rodar ellos ya se habían conjurado para provocar mi desdicha. Como no lo sé sólo fantaseo, que es un ejercicio muy entretenido y felizmente contrario al conocimiento. Sí sé y aseguro que la mutación a bruja de aquella mujer es de lo más desconcertante que me ha sucedido jamás.

XVI

La música de fondo se ha transformado en un noticiario. Hablan tan rápido que parece una carrera de voces contra el tiempo. Tal vez pretendan que no se comprenda lo que anuncian. El zumbido me inquieta y dejo a mi lado el cuaderno y el bolígrafo y al elevar la vista hacia la ventana descubro lo cansados que están mis ojos. Pesan como si estuvieran tallados en hierro. He estado escribiendo casi a tientas, apenas entra luz por el ventanuco. Al fondo del paisaje sólo se ve la noche. O yo sólo veo la noche. He forzado tanto las córneas que ahora me castigan con un dolor remoto y profundo, allá donde los nervios se unen con el cerebro emerge una presión conocida, la maldita migraña. Dolor. Maldigo su martilleo cuando al otro lado de la puerta, a pesar de la dificultad que me supone ver, distingo una silueta familiar rodeada de pequeñas sombras. Una de ellas me dice que enseguida saldré y que fuera está la bicicleta esperándome. La voz lo confirma. Son Fátima y su prole. Parecen una montaña con varias cimas.

Quiero abrazarles ya. Que los tres niños trepen por mí y revolcarnos juntos por su casa llena de alfombras. Nos separan esos barrotes a los que me aferro a punto de convertirlos en plastilina. Las lágrimas se me escapan de nuevo frente a aquellos muchachos a la espera de que finalice el papeleo. Ni yo misma entiendo tanto drama, ¿será efecto postintrospección?, pero me dejo llevar por la emoción del reencuentro y me vengo arriba. Sí señor. Ellos logran que llore con todas mis ganas y sin complejos. Eso es, un buen berreo liberador a través del que veo a Fátima firmar un papel, mostrar documentos, guardarse un sobre en el bolso. A continuación un policía la acompaña hasta donde estoy y abre con la llave la puerta que yo había cerrado. Al ver el reloj de pared me sorprende la fugacidad del tiempo.

Ahora sí deseo que se abra. Y, chas, se abre. A veces la vida es muy sencilla. Deseo cumplido. Celebrémoslo como se merece. Enrollo mi cuaderno mágico hasta convertirlo en un catalejo a través del que les miro mientras grito ¡Tierra a la vista! y ellos me devuelven sus carcajadas y por primera vez escucho esa etiqueta que me persigue con un tono diferente al habitual. Tono. Me deleito en su eco mientras seco mis lágrimas gordas y sabrosas en sus camisetas. Chillan alegres y felices y repiten una y otra vez su insulto cariñoso al agarrarse a mis piernas. Tarada del todo, insisten a la vez que aprietan más sus caras húmedas contra mí. Tal vez también ellos lloren, o tal vez sea sudor, pero qué pletóricamente tarada me siento.

Debo firmar unos papeles que no me molesto en leer. Son varias copias y me lleva un tiempo en el que noto que la policía que espera no despega su mirada de mí. Cada vez que elevo la vista ahí está, enrulando un mechón de pelo con un lápiz hasta marearlo. Cuando finalizo me extiende la mano ilusionada, como si hubiéramos firmado un contrato beneficioso para ambas. Su nerviosismo me intriga. Antes de abandonar la comisaría, en el umbral de la puerta, como en las películas, me giro: ¿Nos conocemos de algo? Tarda unos segundos en responder, carga su pecho de valentía para confesar: Me encantó su novela.

XVII

Pedaleé tras los muchachos al ritmo de la migraña punzante. La excitación y el dolor palpitaban y al llegar a casa me duché como quien busca una depuración. La sensibilidad del agua contra la cabeza es directamente proporcional al día que una haya tenido, pero ni fría ni caliente calmó el taladro. Me vestí la túnica y las babuchas que Fátima me había prestado. La tela olía a flores, era suave y de colores vivos, pero en mi estado la belleza se desintegraba al instante.

Al verme salir del baño con el inconfundible gesto arrugado y ceñudo del migrañoso, Fátima se lanzó a la acción. Una cuchara entró y salió de más de cinco tarros de cristal en dirección a una cacerola que llegó a ebullición con un largo, humeante y agudo pitido. Con la cabeza a punto de explotar me tendió el brebaje de hierbas, polvos y especias que había dado en un color urea y que, por supuesto, me obligó a beber. Luego me indicó que me sentara en un taburete. Me masajeó la cabeza y los hombros. Me secó el pelo con una toalla caliente. En círculos concéntricos, con pulgares firmes y cálidos. Diez dedos coordinados para estimular al más frío de los cadáveres. Cerré los ojos y pensé Qué cofre el del cuerpo, capaz del dolor y del placer. A sorbitos pequeños para no quemarme fui tomando el bálsamo. Me sentí hidratada por el cáliz de los dioses. Traté de agradecer los cuidados pero de mí sólo salió un ronroneo.

En algún momento debió de auparme y llevarme en brazos y contarme un cuento. O eso me gusta imaginar. Sí recuerdo que en la litera, con sus hijos ya durmiendo en nuestro cuarto de clan familiar, Fátima me arropó. La incombustible parlanchina había sabido callar y acariciar. Esa mujer era un hada. Con su beso en mi frente y su despedida extranjera entré en un sueño plácido y suave y remoto. Una desconexión neuronal y sensorial plena. Un estado de inconsciencia prolongado durante más horas de las habituales. El sueño de los drogados, supongo.

XVIII

Despertar con un niño que te tira de los párpados podría resultar muy incómodo, sin embargo una modorra pastosa me mantenía noqueada, incapaz de cualquier reacción. El chiquillo aupaba las telillas de carne como si fueran pegatinas que taparan mis ojos. Soplé para demostrar que allí estaba, viva, y su susto fue tal que me vi obligada a incorporarme para tranquilizarle. Temblaba el pobrecillo. Abrazada a su temblor fui consciente de que tal vez había dado por hecho que yo estaba muerta y eso me asustó a mí; cuál sería mi rigidez, me pregunté, así que el tembleque pasó a ser mutuo. Un redoble de pánico nos convirtió durante unos instantes en dos peleles que botaban en el colchón de abajo de una litera. Pero el cuerpo es ese enigma del que ya he hablado por lo que, mira a ver tú por qué, los botes nos hicieron reír. Y, está claro, si hay risa, hay vida. Vivos los dos nos abrazamos más fuerte y sin miedo. Fue por tanto un despertar maravilloso.

Al fin receptiva, tenía los cinco sentidos dispuestos a arañar todo lo que aquella habitación quisiera ofrecerme. Entonces escuché un relato conocido. Crujían entre sus dientes todas las palabras escritas por mí el día anterior. Los otros dos zagales, tumbados boca abajo en la alfombra, llenaban sus bocas de patatitas y de las historias de mi cuaderno mágico. Atendí como si no fuera mi propio relato y mi compañero se acurrucó sobre mis piernas dispuesto a escuchar lo que sus hermanos leían por turnos. A veces reían, otras me miraban sorprendidos, por momentos peleaban y se quitaban de las manos los papeles. Yo sólo les interrumpí una vez. Quizá pensaron que quería detenerlos, porque escondieron tras la espalda las hojas. Los tranquilicé, sólo quería patatas. Tenía un hambre animal y el espectáculo merecía un aperitivo que compartí con el pequeño. Continuaron hasta la última palabra, pero no hubo aplausos sino una sacudida de hojas y después un ¿Ya? que sonó indignado. Después se aproximaron hacia mí con el ¿Ya? en sus hombros, manos y ojos. Tal era su ansia que les devolví la bolsa de patatas por si la sal podía calmar su reclamo pero el mayor la rechazó de un manotazo y me miró desde arriba con gesto de decepción.

¿Ya está? ¿No hay más? Mi compañero de litera se levantó y se alió con sus hermanos. Cruzó sus bracitos y repitió la pregunta y el gesto de enfado de su hermano. ¿Ya tá? ¿No má? Me sentí como una secuestrada. En un interrogatorio insistente y sin tregua, quisieron saber de Roci, de mi abuelo, del año sabático, de mi libro falso, de los novios, del trabajo.

En sus ojos brillaba la curiosidad más pura, querer saber, sin más, y en mí lo que tintineaba era el asombro. Aquello que había escrito les interesaba tanto que por momentos temí que me hubieran forzado a hablar bajo algún tipo de tortura infantil. Un tilín se acompasó a mi ritmo cardíaco. ¿Era eso el ego? ¿Era ése el código del orgullo? En aquel momento podría haber ganado un concurso de swing sobre los tejados.

Alcé la mano para frenar su lluvia de preguntas, cerré los ojos e impregné mi estampa de solemnidad. Me incorporé y elevé mi figura sobre ellos, pegué a mi pecho el canutillo mágico manchado de grasa y sal y prometí que les escribiría el resto. Aplaudieron lo que antes no habían aplaudido. Con rabia y alegría y saltos y vivas. El mejor de los premios, pensé. Mi festejo fue sereno, controlaba aquella situación, era la jefa, la responsable de aquella algarabía. Con las palmas de mis manos abiertas y elevadas solicité de nuevo la palabra: Yo también quiero pediros algo. Sus ojos se catapultaron expectantes y sus movimientos se detuvieron. Es domingo. No hay ni colegio ni uvas, así que os propongo una excursión. Tengo una intuición, creo que sé dónde puede estar Compay, pero necesito vuestra ayuda para dar con el lugar.

Y regresaron empujados por una ilusión salvaje los gritos y las turbulencias a la habitación. Imposible fallar a aquellos tres remolinos dispuestos a arrasar. Supe, lo supe con tal claridad como que estaba de pie, que, esta vez sí, cumpliría mi promesa.

TERCERA PARTE

EL ELEFANTE

I

Necesito un mapa de la zona. Buscad en él el nombre del hospital más cercano. Supongo que no muy lejos debe de haber playas de las que salgan rutas. Marcadlas. Todas. Buscad carteles en aquellas rutas que tengan escritas estas palabras: *Coleopterum. Pinaster. Rodentia.* Rodead los pueblos próximos a las rutas, los que estén en un radio de diez o doce kilómetros. Señalad sólo los pequeños, los de casas blancas, de una única planta y con viejos sentados a la entrada de sus viviendas. Debemos encontrar la terraza de un bar y en ese bar debe haber un camarero llamado Manuel. Ahí debemos ir. ¿Entendido?

Abandoné la habitación con el poder subido de una generala. Qué bien sienta el imperativo. Mi ejército acató las órdenes y accionó su maquinaria digital de investigación. Aquellos zagales habían comido varias veces en el día y poseían fuerzas para explorar los vericuetos más intrincados. Un reclamo olfativo anunciaba que mamá Fátima no se olvidaba de mí. En la mesa me esperaban tantas tostadas como para tapiar la casa, tal cantidad de uvas que de comerlas convertiría la sangre en vino, una jarra con zumo de naranja para beber hasta ponerte a mil del subidón de azúcar y así podría seguir con comparaciones exageradas y subjetivas sobre la tortilla, el tomate o el bizcocho, pero ahora no es momento de regodearme en mi banquete. Oh, qué banquete. No es momento porque hubo un punto de inflexión que supongo que aportará más al devenir que la ingesta.

Ataqué el desayuno con toda mi voracidad mientras Fátima cantaba, frotaba, secaba, tendía, amasaba y revolvía.

Ambas concentradas en nuestro afán hasta que ella detuvo su cantar y yo el tenedor. Del bolsillo de su delantal extrajo el sobre que le habían entregado en la comisaría. Me lo tendió. Engullí sin satisfacción el último trozo de queso. Lo abrí. Fátima bajó también su intensidad de limpieza y desinfección.

Por qué le dieron a ella esa información y no a mí sería un buen planteamiento para comenzar un agrio cara a cara con los agentes o un motivo más que razonable para emprender una batalla legal. Allí figuraba la numerología de mi vida. Para saber quién era imagino que indagaron en archivos, que realizaron llamadas telefónicas, que bucearon en documentos hasta que trazaron un mapa con mis cuentas, con mi vida laboral, con mis deudas, con mis denuncias, con mis antecesores, con mi historial clínico, con mis propiedades y con mi novela. Mi intimidad violada pero mis lagunas administrativas resueltas.

Bebí el café hasta que sólo restó el poso oscuro y misterioso, como lo es nuestra identidad, en el fondo de la taza. Me limpié el bigote con la servilleta. Le eché un vistazo con pena a la tarta de manzana que aún no había probado, pero los gestos son importantes. Me puse en pie. Leí rápidamente mis datos y miré a Fátima. Yo ya no soy ésta, dije a viva voz, como si se tratara de una declaración.

¿Faltar algo? Me preguntó Fátima. Me acerqué y le di un beso suave, largo y redondo en la frente como los que ella me había enseñado a dar. Besos de melocotón. Luego, sosteniéndole por los hombros le susurré Sí que falta, falta lo más importante. No dicen nada de Compay, y ahora mismo nos vamos a por él. Rompí en trocitos el folio y lo tiré junto a las mondas de naranja. Finiquité luego la tarta de manzana.

Los chicos me mostraron orgullosos su pesquisa. Analicé los nombres, los puntos kilométricos y las cotas. Mis neuronas estaban a tope de proteínas y la descripción de una de las rutas dibujó en mi mente el recuerdo inequívoco de Compay correteando por la senda. El siguiente paso fue leer con fe de vidente los nombres de los pueblos de alrededor, pero los Revuelcar, Tribelcos, Rompillos y Treguilures del Tuja no me decían nada, así que buscamos sus imágenes en el móvil. Mismas casas blancas, mismos viejos con signos de agotamiento vital apoyados en los bastones a la sombra de sus viviendas. Pueblos gemelos frente a la costa con gentes de arrugas parejas. ¿Será que si lo miras con detalle no somos tan diferentes?

El milagro no se produjo, de acuerdo, ¿pero íbamos a frenarnos sólo porque en la pantalla no aparecía la terraza que buscábamos? De eso nada, mis muchachos eran zorros audaces y nuestra aventura debía avanzar, no iba a defraudarles. Desde el punto reconocido orbitaríamos hasta dar con el bar de Manuel. Golpeé la mesa y los mapas. Hice saltar el teléfono móvil. Iba a tope de zumo de naranja. Les escruté uno a uno como los entrenadores en el minuto final. Las personas no están en los archivos, ¿verdad? Los chicos se miraron intrigados y repetí mi reflexión en un tono más sugestivo: Las personas no están en los archivos, ¿me entendéis? Silencio y expectación. Sólo números allí, dijo. Ella me entendió. Fátima, mi hada. Colocó sus manos cruzadas a la altura del corazón y nos bendijo con ese verbo viejo que infunde coraje y alienta a la aventura: Partid.

II

El pequeño observó su bicicleta con las manos en jarras, negó con la cabeza y tras resoplar dijo Imposible, yo así no puedo. Qué maduro, pensé. Me agaché a su altura para consolar lo que supuse que sería un gran disgusto para él y apenas había dicho Tranquilo cuando me obvió, hincó la rodilla en el suelo y con un destornillador de estrella comenzó a retirar los ruedines. Sus hermanos le dieron una palmada en la espalda y le ayudaron a terminar la faena. Yo les observaba entre emocionada y acongojada. Qué confianza la de estos críos, qué camaradería sana, qué arrojo, pero, ¿de verdad permitirían que viniera con nosotros?

La respuesta fue visual: acompañaron el pedaleo inicial agarrados a su sillín hasta soltarlo. Ánimos primero y aplausos después. Tras un minuto rodando en línea recta frenó, giró las ruedas hacia nosotros, hizo un caballito, cacareó y alzó el puño.

El pollo ya volaba solo y se venía de viaje. En fin, no sería yo quien dinamitara ese don. Podéis llamarlo temeridad, imprudencia, insensatez. Aquel trío portaba una audacia salvaje en su genética. Desconocían el miedo al fracaso. Tenía mucho que aprender de ellos.

Atravesamos la ciudad por callejuelas y pronto salimos a una zona de huertos y cultivos. Miles de girasoles brillaban entornados al cielo. Después de un serpenteo entre caminos de tierra alcanzamos el carril bici que nos llevaría a destino. A nuestra derecha explotaban las olas. Olas bastas y bellas como en las que días atrás pude desaparecer. Hubo un tiempo en el que la Tierra debió de ser así, pensé. Basta.

Bella. Cuando aún no existían los caminos y hasta el horizonte todo era naturaleza por descubrir. Una brisa ligera me cosquilleó la nuca.

Delante de mí los muchachos me retaban con derrapes y timbrazos. Querían que me uniera a sus carreras, pero qué sé yo lo que pasó. El salitre, el polen o algún fotón radical, algo se me coló en el cuerpo y me dio por pedalear con el pecho abierto y la barbilla alta. Al finalizar la cuesta le pegamos por turnos unos buenos tragos a la botella de agua y comimos cada uno un par de onzas del chocolate que nos había metido Fátima. Guau. Qué potencia la del chocolate. Así les dije mientras lo paladeaba: Guau. Qué potencia la del chocolate. Tal debió de ser mi admiración que el mediano me preguntó extrañado Pero tía, cuánto hace que no lo comes. Y no lo recordaba, la verdad. ¿Sabéis qué? Sois tres magos, les confesé. Por fortuna no tuvieron en cuenta mi estado, o sí, y por eso retomaron el camino sin hacerme caso y así pude seguir enredada. Es mejor no ensuciar de normalidad al iluminado.

Me comí lo que quedaba de tableta y terminé el agua. Luego espalda combada, bamboleo de piernas, la cara por delante del manillar y el trasero elevado del sillín. De un lado a otro hasta alcanzar el alto. Allí me esperaba mi equipo. Giraban su mapa y repasaban sus notas. Apunté decidida hacia un caseto y bajamos como kamikazes.

El carril, sí señor, finalizó en el aparcamiento del chiringuito cerrado al que había llegado unos días atrás, días que parecían meses. Allí estaba el coche de mi abuelo. Se lo mostré orgullosa. Este cacharro es el coche de mi abuelo. Silbaron mientras lo rodeaban y garabatearon sobre el polvo pegado a la chapa. Pedazo de chatarra, sentenciaron divertidos. A quién se le ocurre comprarse un coche verde, menudo dinosaurio, y así continuaron con la fascinación que despiertan las antiguallas. Se estaban regodeando y lo permití porque empecé a verle yo también las escamas, las fauces. Y ruge, ya veréis cómo, amigos, y rugí y arañé el aire a dos manos. El pequeño interrumpió la animalización del coche, trepó al capó y arrancó del parabrisas un papel que leyó a velocidad de preescolar. Como si se tratara de un pregón declamado por un borracho, cada una de sus palabras era en clave. Solo entendí el final: Manuel.

III

En la nota había un Querida y un Ganas de verte y un Beso, mi amor. Su corazón palpitante en mis manos era una granada. Necesitaba cerca a mis escuderos, pero se me escapaban, era como si las zapatas rozaran las llantas o circulara sobre piedras. Como si yo misma me frenara.

Desde sus sombras los viejos levantaron las boinas cuando llegamos al pueblo y los chicos saludaron henchidos de orgullo con holas y timbrazos. Yo cerraba la comitiva maldiciendo la falta de discreción y rumiando como una vaca preñada. Tanto que al divisar la terraza de Manuel frené y les dije a los críos que se acercaran. Cuando los tuve a mi lado supe que les iba a defraudar. Les solté que tal vez aquello había sido un error, que seguro que Compay se había echado al monte, que jamás querría vivir de nuevo en un restaurante, que había sido una estupidez, que mejor regresábamos a casa, que Fátima estaría preocupada, que al día siguiente había colegio, que debían descansar. Sabía que esa sarta de frases hechas rompía en añicos el hechizo. Me sabía a bilis la saliva y ellos me miraron como si hablara otro idioma. Me detesté por traicionarles así, de un modo tan cruel, a las puertas del objetivo, pero un ladrido detuvo en seco mi discurso desalmado. Nos mantuvimos en silencio, expectantes, y volvió a ladrar. Mi corazón se precipitó en cascada. Sus ojos volvieron a brillar y supe que los chicos me habían perdonado. Esa muestra de flexibilidad emocional era otra de sus virtudes. Sin rencores. Siguiente pantalla. Aguzamos los oídos como liebres, tiramos las bicicletas al suelo y rastreamos por las calles. Tercer ladrido, una plaza. Cuarto ladrido, una casa, y después, muy cerca, un aullido. De puntillas nos asomamos a un muro de piedra.

Tumbado en un jardín, movía la cola de un lado a otro mientras mordisqueaba un hueso de goma. Le distrajo una mosca que no alcanzó con su zarpa. Luego bostezó y se fue hasta la sombra de un limonero. Tras beber de un gran cuenco metálico se recostó con el hocico sobre las patas. Me sacó del trance un susurro a mi lado: ¿Es él? Y justo en ese momento un hombre gritó Ey, Compay, dónde andas. Del interior salió disparada una pelota de tenis que aterrizó a poca distancia del muro tras el que nos escondíamos. El perro corrió, la enganchó y se ensimismó en despellejarla. De la casa salió un chico en silla de ruedas. Mientras Compay comía de su mano un trozo de pan él lo acariciaba.

Me escurrí muro abajo. Apoyé la espalda contra la piedra y cerré los ojos. Recordé a Compay sediento en aquella senda, a Compay hecho un ovillo en el maletero del coche, a Compay nervioso gimiendo desde la orilla, a Compay con la boca ensangrentada. Imágenes como piñas que explotan en la hoguera. Juntos sólo éramos un par de matones.

Traté de que mi voz no se quebrara. Vengo ahora, les dije. Y me fui llorando y riendo como un arcoíris.

IV

Servía una mesa. Un paño blanco impoluto colgaba de su antebrazo. Sostenía la bandeja plateada con cinco yemas, como un equilibrista. Repartía botellas, tazas de loza, vasos con hielos y un plato con olivas. Vasos, hielos, tazas, olivas. Todo brillaba. Él también brillaba, y yo no entendía nada. Iba decididísima a abrazarle fuerte, fuerte, fuerte en agradecimiento por encontrar tan buen dueño para Compay, pero al verme dibujó la duda en el entrecejo, me cogió de la mano y me llevó hasta las puertas de la cocina. Por el camino me di cuenta de que el corazón palpitante ya no palpitaba, al menos por mí. Entre paredes grasientas y una pila de platos pendientes de fregar me mostró a una muchacha como una pluma de oca. Rubia, delgada, alta y sigilosa cortaba cebolla mientras tarareaba muy bajito una canción en otro idioma. A dos toques de nudillos en el cristal miró hacia nosotros y sopló un beso que atravesó la ventana. No hay que ser muy lista. Lo engullí con gusto y en silencio, saboreé su acierto. Igual que Compay, también él había encontrado mejor compañía.

Mientras buscaba mis cosas escondido tras la barra me contó que cuando regresó al hospital me había fugado, que aun así fue hasta el aparcamiento y me dejó el mensaje en el coche. Que seguía sin dar señales. Que no encontró por ninguna parte mi novela ni a ninguna autora llamada Emma con mi cara. Que ella apareció un día buscando trabajo. Entonces se giró y me miró a los ojos. Es que es mágica, ¿me entiendes? Brilla. Y como si esas palabras fueran una contraseña ella salió en ese momento de la cocina.

Portaba una gran ensalada rebosante de verduras y frutas. Parecía la diosa de la huerta. Claro, Leunam, le respondí. Hice una pausa para escribir en una servilleta mi nombre real, él no merecía que le mintiera. Tú también brillas, le dije.

V

Recogí la bolsa. Allí estaban las llaves del coche, la libreta, la navaja, el móvil y la estampita de San Antonio. Me despedí sin alardes. Un sencillo giro sobre mis pies, media vuelta de humildad. Como una niña buena que no quiere molestar. Antes de salir algo llamó mi atención en el perchero, me detuve un instante y no lo dudé. Me llevé un collar de flores.

La silla de ruedas tenía nuevos conductores. Subidos a ella los niños se turnaban para hacer carreras contra Compay. Pasé el collar de mi cuello al pescuezo de su legítimo dueño. Te lo había prometido, le susurré levantando su orejota. Luego lo agarré bien por el hocico y choqué mi cabeza contra la suya hasta notar toda su pena, toda su alegría, toda su vida. Volveré a verte, le dije.

Me fijé que en el banco de madera pegado a la casa estaban mis libros. Los libros de Vicente. Si en la mente de aquel hombre habitaban los mismos arañazos que en la mía, compartíamos algo más que un perro. Podríamos charlar de perversiones y venganzas. Podríamos mirarnos y delinquir. Podríamos arder. Porque quien lee, retiene. Así que observé al chaval de otra manera. Ahondé un poco más en su figura y tras el primer barrido sentencié con un Ay mi madre, aunque no tuviera madre, porque Ay mi madre es lo que se dice por lo bajo cuando se te cae la mandíbula y los ojos se vuelven groseros. El instinto olfateó presa. Subido de nuevo a la silla lo vi como un titán sobre ruedas, con los bíceps en tensión fusionados con la máquina y la piel aceitunada y sudorosa. Gritó Allá vamos. Su voz resultó ser profunda y ronca, de las que te reverberan en las costillas, y salió volando y se estrelló contra la base de una piscina hinchable más pequeña que el ancho de su espalda. Los muchachos también lo observaron con la boca abierta, pero la mía era de pura gula, fauces listas para acoplarse a esa espalda, preparadas para el banquete. La libido pedía vez de nuevo y no hay mayor demostración de estar viva que la aparición del deseo. Esa silla, ese jinete, esa temeridad anunciaban mucho juego, pero no era el momento. Se lo insinué en silencio, que es como se gritan las cosas importantes. Prendí sus pupilas.

A base de envolvernos en una nube tóxica y tras varios intentos, el motor arrancó. El dinosaurio aún no se ha extinguido, chavales, y toqué el claxon. En el maletero no entraban las bicicletas, así que los mayores regresaron solos y el pequeño, que ya se frotaba los ojos, se tumbó en el asiento de atrás. Le tapé con la misma manta que en su día cubrió a Compay, besé la estampita de San Antonio y me incorporé a la circulación. Pronto escuché su ronquido de osezno. Oso.

Los chicos me esperaron a la entrada de la ciudad para guiarme hasta la casa. Tras aparcar me miré en el retrovisor. Hacía mucho que no me buscaba en un espejo y fue como observar a otra persona. Lo que palpitaba por dentro chispeaba frente al espejo.

VI

Nos creemos un conjunto de carnes, órganos y pelos y en realidad sólo somos un cerebro. Todo depende de él. Podía habernos regalado, a mis vísceras y a mí, un sueño placentero, sin embargo quería que pensara. Me exigía reflexión. Tumbada sobre la cama no lograba dormir, así que fui al encuentro de Fátima en cuanto escuché su cacharreo en la cocina. La luz del día aún no había alcanzado nuestra latitud. Al verme me sirvió un café, se sentó frente a mí y cruzó las manos sobre la mesa. Yo creo que me esperaba. Me pregunto si se enteró de algo de lo que le conté, pero me escuchó con tal atención y respeto que cómo dudarlo. Aun desconociendo mi idioma sé que, si no me entendió, me comprendió.

Mira, Fátima. Una mañana, cuando estaba en aquella escapada sabática, telefoneé a mi abuelo desde una casa de huéspedes. El esfuerzo en su voz fue asfixiante incluso para mí. Hablé y hablé sin dejar silencios, para qué él sólo tuviera que escuchar. Entre otras cosas, le conté que había salido a pescar con otra gente del hostal y que luego habíamos asado a la parrilla nuestras capturas. Mi abuelo, que presumía de ser el que mejor conocía la ría, no me preguntó qué habíamos pescado. Apenas logró despedirse. Su debilidad fue más que suficiente para concluir la aventura. Si se iba a morir debía correr, alcanzar su último aliento y preguntarle al fin por lo que llevaba toda la vida culpándole. Pero resistió, Fátima, y a mí o me faltaban agallas o su silencio me bloqueaba o qué sé yo. El caso es que las veces que me senté sobre la colcha de su cama y cogí aire frente a él enseguida me echó. Arrugaba la barbilla y la frente. Tal vez se lo olía, tal vez en mi cara se notaba la venganza y el reproche. Llevaba esculpido ese gesto de asco por la vida y yo, ahí a su lado, dinamitando la mía. Como una perra que se arrastra allá donde vaya el amo. Él osco y yo parca. La pareja más desgraciada del bloque. Más de una vez me cerró la puerta en las narices, el muy cobarde. Pero ya te lo he dicho, no iba a permitir que la palmara sin una explicación. Confiaba en encontrar el momento, porque en eso me iba la existencia. ¿Triste? Mucho, pero siempre hay un aliciente para despertarse. El mío era ése, por lo que terminada la carrera acepté un contrato para agujerear una montaña vecina. Nos metimos en su interior para asfaltarla. Aquello representaba las antípodas de mi vocación por los mapas. Difuminé un horizonte mejor con tanta facilidad que me asusta. Lo segué a guadaña. Mientras, él alargaba a bocanadas su vida.

Una tarde, al regresar del túnel, fui directa a la ducha. Excedí el tiempo necesario para limpiarme de polvo y me tomé con calma secado, peinado y demás acicales. No tenía prisa ninguna por compartir mesa ni charla y dado el mutismo de mi abuelo tampoco me extrañó el silencio en la casa. Cuando llegué a la cocina me lo encontré boca abajo en el suelo. Me arrodillé, acerqué los labios a su oreja y se lo pregunté con los dientes apretados, a pesar de que era consciente de estar increpando a un cadáver. Sin posibilidad de escuchar mi reproche: ¿Por qué no te hiciste cargo de mí cuando murieron mis padres?

A ellos también los culpé. Lo escuché por ahí, en algún momento, a alguien: Fue una imprudencia. Y nunca les perdoné su despiste, su error al volante, porque creía que era el motivo que me había condenado a arrastrar de aquí para allá una enorme maleta vacía. Fátima, soy lo suficientemente joven para que la gente me pregunte por mis padres. Quien quiere saber comprende rápido que de mí no va a sacar nada. Pero lo que es peor es que tampoco yo me lo permito. Si me surge una duda o un principio de resquemor disparo a bocajarro. De verdad, hasta ahora no era consciente de que fuera un atajo con trampa.

Escucha, Fátima. De los ahogos nocturnos de mi abuelo, en su tramo final, me llegan imágenes y las rehúyo. Es increíble, pero logro eclipsar incluso sus ojos enloquecidos por la falta de aire. Fueron muchas noches con aquel ruido cavernario de la máquina de oxígeno. Hasta ese burbujeo olvidé.

Cuando falleció y empaqué su ropa en cajas y las entregué en un centro social actué como un técnico de mudanzas. Nadie diría que éramos familia. Después me trasladé a la que había sido la casa de mis padres. Pinté y borré las marcas de nuestra vida común. La sombra de la cuna contra la pared, los clavos que habían sostenido marcos con fotos, los rayonazos de juegos en el suelo. Fotos. Mi abuelo no había querido ni alquilarla ni venderla. La vació cuando yo estaba con las monjas y así la encontré, sin objetos pero repleta de recuerdos. Comencé mi vida independiente donde había finalizado, de alguna manera, mi primera vida, la destinada a compartir con ellos y que un accidente aniquiló. No me lo planteé. Como te digo pinté, acuchillé y tapé evidencias con láminas y alfombras. Te parecerá imposible, pero me duchaba, desayunaba o dormía sin memoria. Era una casa sin fantasmas. O no sé, tal vez habitada por un único fantasma.

Y ya estoy harta, querida Fátima. Lo he pensado toda la noche y debo pedirte algo.

Claro. Diga.

Necesito un cargador de móvil.

Pudo hacerme trizas con todo lo que le había contado pero se echó a reír con la cabeza hacia atrás mientras con las manos golpeaba sus muslos. Tarada, chica tarada, repetía mientras abría el cajón en el que, de entre una maraña de cables, sacó un cargador y me lo entregó.

VII

Fátima pisó el pedal de la moto como quien carga una escopeta y condujo hasta el polígono adelantando sin piedad a coches caros, apurando los rojos en los semáforos. Tras aparcar se mesó los cabellos a manos abiertas, boca abajo. Cuando los sacudió hacia arriba, se ató la melena en un moño y recuperó su sonrisa. Valoré si quien me había llevado en moto había sido una mujer distinta. Moto. La afable Fátima era un maldito demonio en la carretera. Bajó del potro y se enganchó de mi brazo como una inocente colegiala.

Apliqué la mecánica de un brazo robótico articulado. Trabajé con eficacia. Concentrada en cada uva. Cada uva a su caja. Uva a uva. Así es un mantra, así un reto.

Al finalizar la jornada anuncié a Julián que no continuaría y me entregó un importe que introduje en el bolso de Fátima durante el regreso a casa, sin que se diera cuenta. Eran migajas, pero al menos alcanzarían para llenar una vez el tanque de su bólido.

Un zarandeo revoltoso se escuchaba al otro lado de la puerta. Se abalanzaron sobre mí como koalas. Con los pequeños enganchados a cada pierna y el mayor subido a la espalda sorteé sus mochilas, chaquetas y zapatos hasta alcanzar la cocina, donde brillaba en el móvil una lucecita verde triunfal. Introduje la contraseña, la pantalla se encendió y empezaron a pitar los avisos de todas las llamadas perdidas. Los críos tiraban de mí cada vez con más fuerza y cedí al envite. Tirados por el suelo jugamos a tigres y hienas mientras Fátima cortaba verduras y las salteaba en aceite hirviendo. No creo que haya jungla más peligrosa que aquella cocina. La lucha me abrió un apetito tirano y aunque la luz verde me volvió a recriminar con toda su fosforescencia le dije Ey, sin prisas, que podemos esperar. Apenas había pegado ojo la noche anterior, así que después de relamer la salsa de tomate de arriba abajo me tumbé en la litera a la espera de que el cerebro, por fin, me permitiera dormir. Plegué las pestañas y crucé hasta los dedos de los pies deseosa de siesta e inconsciencia.

Escurridizos, grasientos, untuosos, ensangrentados, pegajosos y apelmazados. Los pensamientos zumbaban como abejas comprimidas en un tarro. Hundí la nariz en el colchón, me tapé la cabeza con la almohada, conté hasta cien. Nada. Me hubiera gustado estallar en ese momento para recoger los pedazos, limpiarlos y recomponer el puzle. Si es que no es tan difícil, me imploré. Baja, teclea y llama. Y ya está. Seguro que así luego dormirás. Era, sin duda, lo más sensato producido por mis neuronas en aquel trance, pero, ¿iba a hacerle caso a ese puñado de insomnes?

Del bolsillo de atrás saqué el cuaderno y un bolígrafo. Curvé la espalda y el cuello y con la sábana sobre la cabeza y sin posibilidad de releer, comencé a escribir. Las abejas salieron ordenadas y sin reproches. Cuando la colmena quedó en silencio me dormí.

VIII

Desperté con los ronquidos infantiles. Me estiré y sentí el cuerpo relajado. Gracias, cerebro. Bajé de puntillas las escaleras. En mi mano llevaba todo lo escrito. Su peso era ligero en gramos pero, no sé, la medida debería ser otra: calorías, litros. No creo que exista calibre.

A través de la ventana llegaban los ruidos de la noche más profunda, cuando sólo las alimañas o los perdidos andan sueltos. Era una franja vetada para las llamadas, pero no podía arruinar mi impulso por formalismos.

Me mantuve firme tono a tono. El inquilino descolgó y noté cómo escupió mi nombre. Lo pronunció con crispación, lo acompañó de adjetivos infectos. Mi inquilino convertido en una fiera más nocturna e inquisitiva que adormilada. Tranquilo, lobo solitario, le dije, no te pases. Lobo. Pero se pasó. Me echó en cara la lluvia y la cueva por la que tenía que pagar. Le permití que soltara todos sus insultos, que me parecieron francamente admirables y sucios para un oficinista de pantalones de pinza como él, y una vez agotada su saliva arremetí. Le confesé que también a mí me perseguía aquel olor, que lo tenía incrustado en el tuétano, que necesitaba arrancármelo de una vez por todas, que había tirado toda la ropa sospechosa de moho, visillo y carcoma y que si lo único que iba a hacer él era recordarme el agujero putrefacto en el que había calado los huesos durante décadas pues que mejor se largara. De hecho, añadí, el piso está en venta desde ya. Y mejor te vas rapidito, porque me da que ya se te ha metido el veneno en el alma. Tras detener su respirar de sifón, calló y preguntó entre dientes: ¿Cuánto pides? Recogí los cachos de sorpresa del suelo. ¿Cuánto das?, pregunté. Y trato cerrado. Asignada cueva a enano administrativo. Colgué encantada. Qué maravillosas las contradicciones, de no ser por ellas menudo aburrimiento. No hay nada peor que ser predecible.

Ya estaba, ya lo había hecho, y me había salido mejor de lo esperado. Me merecía un paseo a hombros de forzudos al son de trompetas triunfales o, lo que realmente me apetecía, continuar con el bendito descanso. Pero, ja, ahí estaba el bicho con todas sus antenas desplegadas para recordarme la insistencia del editor. Cuando vi las horas intempestivas a las que me había llamado me decidí a reventarle el sueño. Descolgó de inmediato y comenzó un chorreo de aleluyas en el que me enteré de que me había puesto casi en busca y captura tras filtrarse a los medios la fuga del hospital y mi posterior paso por el calabozo. Enumeró excitadísimo ventas y contratos, traducciones y giras, ferias y reseñas, entrevistas y premios. Su retahíla de elucubraciones agitó un hormigueo en mi estómago. Estaba claro que esa noche tocaba ponerse brava. Conocía su punto débil. Por las referencias religiosas de *Valtiche* creyó que en mí encontraría una igual y confesó. Debía de estar sediento de compadres. Seminaristas a mí. Si las monjas me levantan sarpullidos el traje de beato en un hombre ni te cuento. Debía ser discreto, en el club intelectual en el que pretendía jugar no estaban bien vistos los rezos, y el muy cobarde escondía su formación. Sólo tuve que decirlo una vez para cerrar su verborrea. Calla ya, curita, y al fin me dejó hablar: No me importa nada *Valtiche*. Si los rumores te funcionan, sigue con ellos. Abóname lo que me corresponda puntualmente y ni se te ocurra organizar ninguna rueda de prensa y menos aún buscarme. Haz que piensen que me largué a la otra punta del mundo, haz que desaparezca, haz todo lo éticamente cuestionable para que nadie sepa ni dónde estoy ni quién soy. Estás, dijo, y entonces fui yo la que le degollé la voz. Colgué. Podía haber confesado mi estafa y así ennegrecer más sus tormentos morales, pero a esas alturas me gustaba convivir con mi mentira. Era una buena traición a mi abuelo y en los días débiles, en los que le perdono, es un homenaje. Qué narices, me dije. Tampoco tenía claro que mi abuelo fuera el autor y la falsedad prolongada, ya se sabe, se hace fuerte. Es como los armiños, que en invierno mudan su pelaje y se vuelven completamente blancos. Siguen siendo los mismos, ¿verdad? Pues eso, podéis llamarme mustélida. Y de confesarle que tenía algo más escrito ni loca. Había pasado por el circo de las presentaciones con *Valtiche* porque era sencillo no responder, pero jamás querría sentirme analizada con lo escrito por mí, con mi vida.

Los nervios amenazaban con lanzarme por la ventana tras hablar con el editor. Bebí un vaso de agua y asomé la cara a la brisa. Apoyada en el alféizar con mis papeles en la mano dudé qué hacer con ellos. Podía modelar aviones y lanzarlos al viento, podía guardarlos en una carpeta azul y esconderlos en un cajón, podía quemarlos y convertirlos en llamas. Sonreí ante la imagen de una pequeña hoguera con mis miserias. Tal vez sea la única manera de borrar lo que detestamos. A fuego. Una combustión que redujera la pasión a un ridículo montoncito de ceniza. Tras el último baile del humo, en mí quedaría el aprendizaje más determinante, el de la existencia fútil. Sin embargo, algún tipo de pegamento mantenía aquellos papeles bien agarrados a mis manos. Ellas nunca los soltarían al vacío ni prenderían la mecha.

Pensando en fuegos, qué cosas, me acordé de Emma. Repasé los números. Había uno de un teléfono fijo. Marqué deseando que descolgara ella, que de alguna manera hubiera conseguido mi teléfono, y que así pudiera decirle Ey, otro día tenemos que ir a bailar por ahí y armar bronca, ¿eh? Pero supongo que era muy temprano y no me quedó otra que aparcar la fantasía.

El día comenzaba a despuntar y me animé a preparar el desayuno para todos, no podía ser tan difícil alimentar a los polluelos. Estaba en pleno volteo de sartén cuando aparecieron los niños y del susto los huevos acabaron en el suelo. Fátima recuperó el timón de la cocina. Aparentó ofensa con tan poca fe que pensé si aquella mujer no tendría alguna tara relacionada con el exceso de bondad. Qué fidelidad la suya. Y los críos, otro tanto. Devoraban los cereales de los cuencos como aves de rapiña mientras se movían al ritmo de la música que sonaba en la radio. Fue Fátima quien subió el volumen. Se unió al baile desde el fregadero. Tarareó los bises con una voz afilada de flautín que provocó nuestras carcajadas. Me fijé entonces de nuevo en aquel retrato en blanco y negro del soldado serio, firme, impertérrito, estanco, asquerosamente mudo y, sin embargo, presente. Hay que ver cómo la pena puede apartarse un poquito a un lado, honrarla con unas flores, y seguir bailando.

En medio del jolgorio sonó mi teléfono. El número fijo de la llamada perdida, de nuevo en la pantalla. Dígitos desconocidos, un abismo de misterio. Los tonos en bucle, mi bloqueo de estatua. Descolgó el mayor. Dijo Sí claro, vive con nosotros, y me pasó el aparato pringado en aceite y yogur. No sabía hacia dónde respirar, si hasta los intestinos o hacia la estratosfera después del bombazo provocado por las palabras del chaval.

IX

La música se colaba, pero la necesitaba de fondo. El silencio habría sido ensordecedor. Arranqué con un incómodo Hola, Vicente. Y ahí las cuerdas vocales formaron barrera. Todas las preguntas sobre mi abuelo y el manuscrito martillearon mi conciencia, provocaron el mutis absoluto. Seca y en parálisis mental. Aguardaba al otro lado de la línea, supongo que a la espera de que continuara con Soy la lectora de, la nieta de, la autora de. El pico afilado recién lavado, los puntos azules en la piel recién afeitada, la mata blanca recién peinada. Permanecíamos callados. El fin de la no conversación parecía inminente, pero el crío pequeño cogió mis papeles y se los puso en la nariz a modo de trompa y barritó. Entonces lo vi claro. ¡El elefante!, grité. Lo escrito no era más que aquel elefante desnudo y por eso repetí El elefante, Vicente. Y él me planteó esa pregunta trampa que siempre me hace caer en dudas, ese convencionalismo tan común como profundo: ¿Estás bien? Y de algún lugar de mi memoria revivió un fantasma leído. Respondí Por supuesto. Claro que todavía sacudo el cielo. Y se desatascó la máquina. Le hablé entonces del autostop, del hotel, de las huidas y de los compañeros de carretera y después de presumir de perro de presa le conté que no me había quedado otra que arrojar a las vías a un tipo que intentó robarme cuando dormía en la litera de un tren. Por primera vez él no añadió ninguna historieta propia. Simplemente lo celebró. Eso es, dales caña, me animó. Fue tan fácil, tan divertido mentir. Igual ni me creyó. Seguro que no me creyó. Pero se trataba de eso, de compartir ficciones.

Al cuerno la realidad, al diablo las pretensiones. Animada por la clarividencia, secuestrada por el desparpajo, mi boca habló: Vicente, oye, que te voy a enviar algo que escribí para que lo leas. Y me permití el riesgo de añadir: Como hacía mi abuelo contigo. No tardó un segundo en exclamar Claro, encantado, y sin darme tiempo a asimilar la revelación me preguntó: Pero, ¿es el mismo estilo? Qué va, le respondí, yo lo llamo la literatura del cero. ¿La literatura del cero? ¿Y de qué va eso? Es algo así, escucha: Ojo-Sopor-Ocho-Odio. Tras un silencio me cuestionó en un susurro, como si estuviera dándome una contraseña: ¿Loco? A lo que yo, complacida por nuestra empatía, celebré premiándole con un Eso es, Vicente, lo has pillado. Loco.

AGRADECIMIENTOS

La dedicatoria *A mis Marías* es para María Asunción Fernández Díaz y María África Cruz García. Ellas, además de juergas y filosofadas, acompañaron mis dudas e ilusiones con *Tarada*. Pongo aquí sus apellidos en homenaje a sus madres y padres, a quienes agradezco infinito las hermanas que me han regalado.

Manuel González, Manolo, bibliotecario de Villaviciosa, ha sido, de nuevo, crucial. Son horas impagables de charlas en las que me espolea, azuza y agita. Espero que disfrute de su cameo.

Agradezco a mi editor Jorge Salvador Galindo su confianza y consejos y, sobre todo, su buen humor. Fundamental y emocionante también la «osadía» e implicación de Ángel Heredia, Gallota.

Gracias a Kike y Lorenzo, que durante el confinamiento me ayudaron a seguir escribiendo. Kike, tus ánimos tejen la más fuerte de las redes. Lorenzo, verte dibujar y construir tan contento mientras yo escribía será por siempre uno de mis recuerdos más luminosos.

Y gracias a mis padres y a mi hermano por la barbaridad de amor que me han regalado desde siempre. Con ese escudo nada puede fallar. Gracias por seguir cuidándome.

Índice